目次

コアジサシの夏　7
一歩　57
獣の心　97
エスとエス　135
Sが泣いた日　183

主な登場人物

湊川地方検察庁

札幌地検や福岡地検に並ぶ大規模な地方検察庁

伊勢《いせ》雅行《まさゆき》　総務課長

相川《あいかわ》晶子《しょうこ》　特別刑事部の検事

久保《くぼ》信也《しんや》　相川の立会事務官

八潮《やしお》英介《えいすけ》　東京地検特捜部に応援派遣中の特別刑事部最年少検事

三好《みよし》正一《しょういち》　総務課員

渡部《わたべ》加奈子《かなこ》　八潮の立会事務官

熊谷《くまがい》　修《おさむ》　刑事部の本部係検事

住吉《すみよし》健一郎《けんいちろう》　熊谷の立会事務官

本上博史《ほんじょうひろし》　次席検事
鳥海隼人《とりうみはやと》　特別刑事部長

民自党　政権与党
吉村泰二《よしむらたいじ》　次期党首候補の現厚生労働大臣
須黒清美《すぐろきよみ》　先代の頃から吉村に仕える秘書

秋元法律事務所
菊池《きくち》亮《りょう》　事務職員
北原小夏《きたはらこなつ》　事務職員

地検のS

Sが泣いた日

コアジサシの夏

負けるな　コアジサシ

1

湊川《みなとがわ》市中央区夢海岸の一画に今月、夏の到来を告げる渡り鳥・コアジサシ約五百羽が飛来し、目下、コロニーを作って繁殖中だ＝写真、来杉一平《きすぎいっぺい》撮影＝。夢海岸地区でコアジサシの営巣が見つかったのは初めて。営巣地ではすでに二百羽以上のヒナが生まれ、すくすくと育っている。県野鳥愛好会湊川支部長の佐藤明徳《さとうあきのり》さん（六二）は「愛くるしい姿と小さな鳴き声は、この蒸し暑い日々では一服の清涼剤さながら。八月下旬の巣立ちまでしっかり見守りたい」と双眼鏡を覗いていた。

全長約二十五センチのコアジサシは環境省レッドリストで絶滅危惧Ⅱ類に指定されている。狙いをつけて海に飛び込んで魚をとらえる姿から、鰺刺（アジサシ）の名がついたという。日本には毎年六月中旬頃に、オーストラリア周辺から飛来。海岸の砂浜や河川敷、造成地などで浅い窪《くぼ》みをつくって繁殖するが、コアジサシが好む営巣環境は工事や開発などで年々消失しており、個体数も減っている。

夢海岸では親鳥が鋭い動きで海の魚をとらえる光景や、天敵のカラスやヘビを追い払う姿も見られた。佐藤さんは「カラスやヘビも生きるために必死になって襲っている。そうわかっていても、身を挺して撃退する姿に『コアジサシ、負けるな』と思わず声をかけてしまった」と笑顔で話していた。

＊

午後十一時過ぎ、来杉は自分の記事を読み返した。本日の報日《ほうにち》新聞夕刊一面を飾り、夕刊がない地域では明日付朝刊の社会面に載る原稿だ。今日は全国的に大きな事件事故がなかったし、愛らしい写真も評価されての扱いだろう。明日付の県版アタマを飾るのも、このコアジサシの話題だ。来杉がより詳しい原稿と新たな写真を出稿した。

「ほんと、毒にも薬にもならねえ原稿だよな。こんなの記者の仕事じゃないっつうの。『来杉』って名前だけあって、扱いも出来過ぎなんだよ」

二つ先のシマで、後輩記者が大刷りを片手に口を尖《とが》らせていた。あの後輩は公判や地検筋を追う『司法回り』として、日々他社としのぎを削っている。それだけに、さほど苦労せずに出稿されたネタが、こうして大扱いされたのが気に食わないのだろう。

勝手に言っていればいい、と来杉は取り合わなかった。人には向き不向きがある。自分の原稿が一面を飾る日なんてもうないかもしれない。なにしろ、記者七年目にして初めて全国面に自分の記事が載ったのだ。十の行政区を抱える人口百五十万人超の政令指定都市——湊川市で、記者をしているというのに。

　別にもう全国面に載らなくてもいい。湊川市は事件事故の発生件数が膨大で、行政の動向も注目されており、一面や社会面を飾りやすいネタも多い。けれど、来杉はそういった取材にはまるで興味はなく、今回のような街ネタに魅かれる。そこに人や生き物のいとなみを色濃く感じるからだ。

　来杉は現在、特定の持ち場がない遊軍記者を務めている。他支局にいた同期は自分以外全員、とっくに東京の本社に上がった。当初は取り残された焦りを覚えたものの、もう諦めの境地に達している。感覚が麻痺《まひ》したのだろう。そもそも、本社の社会部や政治部などでバリバリ仕事をしたい——だなんて入社当時からこれっぽっちも考えていなかったので、与えられた場所で好きな取材をできればいい。

　デスクや支局長は、こんな野心もない〝残り物記者〟に県警や県政キャップを任せられず、処遇に困り、遊軍に置いたのだろう。三十歳にして昇進のレールから外れた男。後輩たちにも自分がそう見られているのは明らかだ。あの司法回り記者のようにあからさまに馬鹿にしてくる後輩もいる。が、来杉はこれ幸いとばかりに「抜き、抜かれ」の世界から離れ、思う存分街ネタを拾い集めている。今回も以前取材した佐藤から情報提供があったのだ。

　原稿のチェックを終え、来杉は重たい鞄を肩にかけた。

「お先です」

　支局を出て後ろ手でドアを閉めるなり、扉越しに大声が聞こえてきた。

「もうお帰りだってよ。いい気なもんだよなあ」

またしても司法回り記者の毒づきだ。ああやってストレスを解消しているのだろう。司法回りは一人持ち場なのに、かなりの激務だ。

出来過ぎ、か。うまいこと言うな。来杉は他人事のように感心した。


翌朝、出社前にコアジサシの営巣地を見に行くと、すでに佐藤が双眼鏡を構えていた。佐藤は勤めた海運会社を三年前に早期退職しており、こうして鳥を愛《め》でる時間がふんだんにあるのだという。

埋立地は大型ショッピングモールの建設予定地だ。等間隔に打たれた杭に太い針金が張り巡らされ、関係者以外は立ち入りできない。その敷地内の営巣地では、ちょこんと座るコアジサシや餌《えさ》を求めて鳴くヒナがいる。

この辺りは古くは遠浅の海で、昭和五十年代に不燃ゴミでの埋立てが始まり、M十七造成地と呼ばれていた。現在は中央区に組み込まれ、市民公募によって「夢海岸」という気恥ずかしくなりそうな地名がついている。夢海岸の開発は市長の肝煎りで、ここ数年急ピッチに進められているが、いまだ殺風景で陸の孤島と言ってよく、ちらほら倉庫やマンション、コンビニが見えるくらいだ。最寄り駅まで徒歩だと二十分はかかり、付近住民は日常の足として市営バスを利用している。

佐藤の隣には古い友人だという伊勢雅行《いせまさゆき》もいた。今朝の県版には、この二人が双眼鏡を構える写真を掲載した。

おはようございます、と来杉がどちらにともなく声をかけると、佐藤と伊勢はほぼ同時にこちらを向いた。どうも、と佐藤が相好を崩す。

「記事、読みましたよ。早くも県内外の仲間から連絡がありました」

隣の伊勢も頷きかけてくる。

「これで巣立ちまでは大丈夫でしょうね。ミナトも、もう無理できません。ありがとうございました」

ミナトは湊川市に本社を置く小売の大手企業で、目の前の埋立地に大型ショッピングモールの建設を計画している。着工予定は来月上旬だった。

二人を取材した一昨日、事業地でコアジサシの飛来が見つかった場合に企業側に課される対応について、環境省に電話で問い合わせた。絶滅危惧種のコアジサシが定着していれば、その巣立ちまで見守るのが原則なのに、「気づかなかった」と嘯《うそぶ》き、そのまま工事を進める業者も後を絶たないのだという。それを聞いた時、ショベルカーやダンプに押し潰されるコアジサシのヒナの姿が脳裏をよぎった。

伊勢の言う通り、記事になってしまえばミナトはコアジサシの存在を無視できない。ましてや全国版に載ったのだ。ここでコアジサシのコロニーを破壊すれば、企業イメージも落ちる。来杉は釘を刺すべく、県版の原稿にはミナト側のコメントも入れた。担当者は「現場を見て、適切な措置を検討したい」と話している。

「伊勢さん、写真を掲載して本当に大丈夫だったんですか」

——地方公務員です。

取材時に職業や年齢を尋ねると、伊勢は端的にそう答えた。公務員は勤務外の行動についても色々うるさいので、原稿にその名前を出すのは控えたし、写真もなるべく伊勢が小さく写っているデータを選んだ。どの種の公務員なのかも質《ただ》していない。その柔らかな物腰からして県警職員ではなく、県庁か市役所勤めだと来杉は見当をつけている。伊勢の亡くなった母親が野鳥好きで、子どもの頃には一緒にバードウォッチングによく出かけたそうだ。

「あれ、早速ミナトの関係者が来たのかな」

佐藤が額に手をあて、遠くを見るように目を細めた。その視線を追うと、数人の男女がコアジサシの営巣地の方に向かってきている。会社員には見えない。

あっ、記事の人がいるぞ——。先頭に立つ、縦縞《たてじま》模様のシャツを着た六十歳前後の男性がこちらを指さした。

その縦縞模様シャツの男性はやってくるなり、深刻な顔つきで佐藤に質問を浴びせてきた。

「あの……県野鳥愛好会の支部長さんですよね、コアジサシはいつ頃、巣立つのでしょうか。新聞には八月下旬と書いてありましたが」

佐藤は伊勢と目を合わせ、戸惑いながらも丁寧に応じていく。

「断言はできませんが、だいたい二十日前後かと」

「はあ、二十日頃ですか」

縦縞模様シャツの男性は肩を落とした。周囲の一団も顔を曇らせている。

「失礼、どちら様でしょうか」と伊勢が穏やかに問いかけた。

「浜辺通り商店街の者です」

縦縞模様シャツの男性が名刺を出してきた。豆腐屋の主人で、商店街組合の会長だった。今度は佐藤が会長に尋ねた。

「随分とがっかりされてますけど、コアジサシと何か関係が？」

「いや、絶滅危惧種の鳥が巣を作ったというんで、ショッピングモールの建設計画が白紙にならないかと」

会長は力なく言った。

浜辺通り商店街はここから歩いて十分ほど内陸部に行った浜辺町にある。そこは、夢海岸が生まれるまでは湊川湾に面するへり部分に当たる町だった。夢海岸にはスーパーもなく、生鮮食品や日用品の買い物となると浜辺通り商店街に出ないといけない。商店街には青果店、鮮魚店、精肉店、うどん店、ふとん店などが並んでいる。いずれも個人が営む古い店ばかりで、大型ショッピングモールが完成すれば経営はひとたまりもないだろう。

「気をつけた方がいいですよ。ミナトにかかれば、いくら貴重な鳥だってたちまち殺されかねません」会長の背後から、四十代くらいの男が吐き捨てた。「あいつら、やり口が汚いんで」

「というと」と伊勢が話を継ぐ。

四十代くらいの男は大きく肩を上下させた。

「俺たちはここにショッピングモールができると聞いて、反対の声を上げたんです。それ自体、非難される筋合いはない。そりゃ、向こうは面白くないでしょうがね。こっちだって生きていかなきゃいけないんです」

「そうですね」と伊勢がタイミングよく相槌《あいづち》を打《う》ち、話を促す。

それなのに、と四十代くらいの男は目を吊り上げる。

「訴えてきたんです。それも三億円もの賠償請求ですよ、信じられます？」

うまく理解できなかった。地元商店街がショッピングモール建設に反対の声を上げる程度のトラブルは、ミナトも織り込み済みだろう。

「どういうことでしょう」と来杉は疑問をそのまま口に出した。

「いえね」会長が口元を歪《ゆが》める。「私たちの反対運動で一ヵ月ほど工事の着工が遅れたっていうんです。その一ヵ月分で失われた利益が三億円と算定されるので、それを払えって」

「どんな反対運動をしたんですか」

「署名運動やビラ配り、反対の幟《のぼり》を立てた程度ですよ」

普通の活動だ。それで三億円の賠償請求？　来杉はおぼろげな司法の知識で考えてみた。

「ミナトの主張には無理があるでしょう。商店街組合としては、裁判で根も葉もない言いがかりだと主張すれば問題ないのでは？」

「それが弁護士に相談すると、立証は面倒だし、お金はかかるし、さっさと和解した方が得策だって言われて。建設を認めれば、向こうも賠償請求を引っ込めるはずだからと。でも、それは我々にとっちゃ死刑宣告なんですよ」

会長は眉根を寄せた。

……街ネタを拾ったようだ。記者の勘がそう囁《ささや》きかけてくる。本社には必要とされなくても、七年も記者をしていればこれくらい嗅ぎ取れる。

2

「そりゃ、スラップ訴訟ってやつだ」

「なんだよ、それ？」来杉には聞き馴染《なじ》みのない単語だった。携帯電話を握り直して、ペンを構える。「で？」

「平たく言うとだな……強者が、こうるさい相手の活動を訴訟で萎縮させる方法だよ。政治家が媒体に原稿を出したフリーライターを訴えたり、大手スーパーが地方進出に反対してきた地元のスーパーに高額訴訟をふっかけたり。アメリカで多かった訴訟形態なんだけど、近頃は日本でも増えてるんだ」

さすがに詳しいな、と来杉はノートに書きつけながら感心した。電話の相手は他社同期の沢村《さわむら》慎吾《しんご》だ。実力を買われたのだろう。昨年十一月、東洋《とうよう》新聞ではエリートコースの東京本社政治部に異動している。

浜辺通り商店街会長にミナトの訴訟の件を聞いた時、本当にそんな事態がありうるのか、まず確かめようと思った。しかし、司法回りの後輩からは疎《うと》まれており、尋ねる気がしない。裁判所に訴状の写しを請求するのだって、その後輩に頼まないといけない。後輩には知らせずに訴状を請求するのも可能だが、他人の畑を荒らせば今度は何らかの形で自分に跳ね返ってくる。予備知識もなく、浜辺通り商店街の会長に写しをコピーさせてもらうのも気が引ける。そこで、沢村を頼ってみたのだ。沢村は湊川支局時代に司法回りだった。

新聞記者にとって初任地の他社同期は特別な存在で、戦友とも言える。毎日必ずどこかの現場で顔を合わせ、ひとたび大きな事件が起きれば早朝から深夜まで一緒に張り番を務める。そこで学生時代の話や、上司や先輩から受けた理不尽な仕打ちについて愚痴《ぐち》を言い合ったのも懐かしい。むろん馴れ合うわけではなく、「抜き、抜かれ」で競い合う。実際、沢村には何度も抜かれた……というより、負けっぱなしだった。それでも同じ社内の人間より他社同期の方が関係は親密になり、こうして様々な知識を交換したり、署名入り原稿について忌憚《きたん》のない感想を言い合ったりもする。そんな他社同期も、もう全員湊川を去った。

来杉は深く息を吸い、思考をスラップ訴訟に戻した。

「えげつないな」

「ああ、はっきり言って下品な手法だよ」沢村が声の調子を下げる。「なんでスラップ訴訟なんか取材してんだよ。ここにきて司法回りになったのか」

当然の疑問か。来杉は具体的な名前や事情を出さずに尋ねていた。適当にお茶を濁そう。

「違う違う、人モノのリサーチ。アメリカで弁護士をしてた人が浮かんでさ。そのスラップ訴訟だっけ？　そういう訴訟を多く扱った人で、今後は日本でも増えるから取り上げた方がいい――って紹介者が言っててね。本当かな、と疑問を持ってさ。でも、俺は相変わらず街ネタ専門なんで、司法関係の知り合いはいない。そんで沢村の出番ってわけ」

「ふうん。ところで、最近の記事は？」

「昨日の夕刊で一面とったぞ。つっても、コアジサシが埋立地にコロニーを作ったって写真ネタ」

「ああ、あれ署名入りだったな。読んだぞ。いい写真だったな。県版でも受けたんだろ」

「ご明察。よくわかったな」

「来杉の性格なら、もっと書き込みたいだろうから。お前のそういう暇ネタはいいんだよなあ」

「おっ、敏腕記者に褒められるとは光栄だな」

「なに言ってんだよ。街ネタで来杉に勝てる同期はいなかっただろ。特に高校野球取材は群を抜いてた」

「夏は俺の季節だよ」

二人で笑い合った。


——正直、商店街の品ぞろえはちょっと古くてねえ。

——大型スーパーの方が安いし。

——野菜も魚もスーパーの方が種類も多いから、助かるのよ。

沢村との電話を終えた後、来杉は夢海岸の住民を取材した。大型ショッピングモール建設について賛成の声ばかりで、反対の声はまったくなかった。住民の反応は予想通りだ。夢海岸のマンションはまだ新しく、浜辺通り商店街に愛着もないだろうし、大型ショッピングモールができた方が何かと便利になる。商店街組合にとっては酷な現実だ。

ただし、ミナトが力で反対意見を押し潰そうとしているのなら、その姿勢には反感を抱かざるをえない。来杉はハンドルを握り、コアジサシの営巣地に車を向けた。今日は特に取材予定もない。司法回りの後輩はこういう点を見て、遊軍記者はいい気なものだと言っているのだ。自分でもそう思う。

十五分後、現場に到着すると作業着姿の男が五人、スーツ姿の男が二人、さらには佐藤も営巣地に立ち入っていた。彼らの足元にはコアジサシの親鳥やヒナがいて、時折威嚇《いかく》するように羽を広げている。八人は足元に気を配りつつ敷地内をそっと移動し、作業着姿の男たちが土壌を採取したり、写真を撮ったり、砂の柔らかさ具合を測定したりしている。

来杉はその模様を写真に収めた。何をしているのかは定かでないが、続報として出稿できる見込みもある。

近くで待っていると、佐藤が満足そうな顔色で歩み寄ってきた。

「ミナトの現場担当が来たんで、急遽交渉して、調査させてもらってるんだ。どこかにコアジサシ用の砂礫《されきち》地を整えるなら、色々な実測値がものを言うしね」

「今日の今日に？」

「善は急げって言うだろ」

記者顔負けの行動力だ。会社員時代もさぞ敏腕だったのだろう。

「これまではどうだったんです？　営巣地の土地調査はしてなかったんですか」

「もちろんやってたよ。サンプル数が多いに越したことはないさ。伊勢君にも言われてたんだ。チャンスがあれば、ここも調べた方がいいって」

「なるほど。あのスーツ姿の二人がミナトの？」

「そうそう」

佐藤は言い、いそいそと営巣地に戻っていった。来杉が再び作業を注視していると、ミナトの二人がやってきた。中年と若手だ。

来杉は名乗り、二人と名刺交換した。開発事業本部、とある。

「コアジサシの影響で、今後工事予定はどうなるのでしょうか」

「それは」と中年の方が応じてきた。「鳥獣保護管理法に基づき、コアジサシが巣立つまで一旦凍結になります。報日さんの記事を見て、本当に鳥が営巣しているのかの確認に来たんです」

一安心だ。ダンプやショベルカーにコアジサシのヒナが潰される心配はなくなった。

「これまで御社のショッピングモール建設予定地に、コアジサシが営巣したケースはあったんですか」

「いえ」中年は首を振った。「私が知る限りは」

その横で若手も二度、三度と頷いている。

「じゃあ、それもあって佐藤さん――県野鳥愛好会支部長の要望を受け、緊急調査を行っていると？」

「ええ。本社にも許可を得ましたので」

ミナトにしてみれば、全国各地のショッピングモール建設予定地に今後コアジサシが営巣しないための対策案を練るべく、その材料を得る側面もあるのだろう。

「話は変わりますが、地元商店街はショッピングモール建設に反対のようですね」

「存じております」

中年は重々しく言った。

「こうした反対運動は、各地である話なんですか」

「はい」と中年は急に言葉少なになった。

「今回訴訟沙汰になっているとか」

「ええ」

「スラップ訴訟という指摘もありますよね」

間が空いた。その隙間を埋めるように、コアジサシのヒナの声が聞こえる。

「私にはお答えできません。本社広報部にご質問下さい」

中年は硬い物言いで、若い方は苦々しそうに口を真一文字に結んでいる。

スラップ訴訟は反対運動を潰す常套《じょうとう》手段なのか？　自分には畑違いといえども、追及して記事にできれば面白そうだ。

司法回りの後輩の鼻も明かしてやりたい。

来杉は漏れそうになる苦笑を、唇を引き結んで抑えた。

自分の心境が意外だった。沢村をはじめとする他社に抜かれても、こんな感情にはならなかった。記者としてどうこうではなく、他人の仕事を貶《おとし》めるような発言をする人間に負けたくない？

自分はいつからそんな負けず嫌いになったんだ？

「では失礼します」

ミナトの二人が来杉を避けるように、また敷地内に戻っていく。

親鳥が海に突っ込み、魚を咥《くわ》える光景があちこちに見えた。このコアジサシのダイナミックな生き方に比べれば、自分の気持ちなどなんて小さいのだろう。来杉は取材の醍醐味《だいごみ》を嚙《か》み締めた。それまで一切興味のなかった分野でも、取材を通じて『もっと知りたい、深くかかわりたい』とのめり込む時がある。言い換えれば、自分がいかに無知で空っぽの存在なのかと突きつけられるのだ。高校野球、蘭《らん》、ダイカスト、篆書《てんしょ》、今回のコアジサシ――。あるいはスラップ訴訟もその一つになるのか。事件取材の範疇《はんちゅう》に入るが、コアジサシが絡んでいるので自分にとっては街ネタ取材の延長だ。

六月らしく湿気が高くて、小雨も断続的にぱらついてきた。来杉は汗と雨を時折拭《ふ》き、作業とコアジサシを見守った。

二時間後、土壌調査が終わった。結果は約一ヵ月後に出るという。

来杉は中央区役所の建築指導課に行き、その長いカウンターに座った。数分待つと、太鼓腹の課長が応対に出てきた。

「報日さんに出てたコアジサシの記事、読みましたよ。自然……っていうか、生き物の生命力は強いですよねえ」

「強いと言いますと？」

課長は幾分ハッとした面容でカウンターに両手を置き、間を取るように指を組んだ。

「なんせ夢海岸はもともと市の不燃ゴミ処分場なので。いわば、この三十年分の不燃ゴミが埋まってるわけです。その更地に巣を作ったんですから、たくましいなと」

そういう意味か。

「夢海岸地区はもともと市がすべて所有してたんですよね」

「ええ。今でも市が所有する土地はかなりあります」

「それを企業に切り売りしているんですか」

「身も蓋《ふた》もない言い方をしてしまえば」

「ミナトの大型ショッピングモール建設計画について、市の許可は下りてます？」

「もちろんです」課長はしかつめらしく説明を加えていく。「建築指導課としても計画書を精査していますが。設計や構造に不備はありませんでした」

「あの付近には今後、他に何が建設される予定なんでしょう」

「マンションや学校など。あと十年もすれば、風景はすっかり様変わりしますよ」

住民が増えるにつれ、ショッピングモールを望む声はますます増える一方だろう。浜辺通り商店街がいくら反対しようと、その流れはもう止めようもない。

「ミナトが浜辺通り商店街を訴えた件はご存じですか」

「はあ。ただ、市として関知する問題ではありませんので」

お役所的というより、これが当たり前の姿勢だろう。もうミナトに払い下げた土地に関する訴訟なのだ。

3

「え？　地検の方だったんですか」

来杉はつい先ほどスラップ訴訟の話を伊勢に振っていた。軽い世間話のつもりだった。

——世の中には本当にああいう訴訟があるみたいなんです。

——スラップ訴訟については、私も職場で耳にした憶《おぼ》えがあります。効果的な方法なのでしょうが、褒められたものではないですよ。

——伊勢さんは地裁の方なんですか。

——いえ。湊川地検の職員です。

伊勢は涼しい顔で続ける。

「総務課なので、事件を直接的に扱う機会はありませんけどね」

コアジサシの親鳥は今日も元気に空を飛び、ヒナは餌を待ちわびて鳴いている。午前七時、来杉と伊勢は営巣地を眺めていた。佐藤はまだ来ておらず、昨日の土壌調査を思わせる痕跡《こんせき》も営巣地には見えない。

自分にとって、伊勢はいい梃子《てこ》になるかもしれない。ヒナたちが巣立てば建設工事が始まるし、その頃にはミナトの浜辺通り商店街組合への訴訟も本格化する。今のうちにミナトと商店街双方にもう少し食い込んでおきたく、どうしようかと悩んでいたのだ。現場百遍とはよく言ったものだ。自分たちに反する者をスラップ訴訟で潰すことを常套手段とする会社なら、『コアジサシの営巣地を守る』という約束も反故にしかねない。そこで監視も兼ねて訪れてみると、そこに思いがけない拾い物が転がっていた。

「親子というのは、人間でも鳥でも深い絆《きずな》で結ばれてますよねえ」

伊勢が物柔らかな口調で言い、額に手を当てて上空をまじまじと見つめている。事件を扱う機会はないといっても、伊勢の職場は地検だ。そう実感する場面をよく目の当たりにするのだろう。

「地検でもスラップ訴訟を扱うんですか」

「いえ。民事は地検の範疇外ですので」

伊勢は上空に目をやったまま、やんわりと正してきた。言われてみればその通りだった。地検は刑事事件を扱う組織だ。といっても、伊勢は県内の司法関係者と接点があるはず。地検と地裁は別組織でも、〝司法ムラ〟の住民同士と言える。

「それはそうと、こんなに朝早く営巣地に来るなんて、ひょっとして来杉さんも鳥の魅力にやられましたか」

「それもあるんですが――」

来杉がミナトに抱く懸念を述べると、伊勢はこちらを向いた。真顔だった。

「私たちも同感なんです。そこで野鳥愛好会で毎日見に来ようという話になりました。私を含めた多くの会員は仕事があるので、佐藤さんに頼る場面は多くなりますが」

そういう次第なら――。

「実は私もできる範囲で調べたくて、訴状の写しがほしいんです。地裁に知り合いの方はいらっしゃいませんか」

「あれ？　報日新聞さんには司法担当記者がいますよね」

「折り合いが悪いので協力を得られそうもなくて。恥ずかしい限りです」

コアジサシを守りたいという共通項があるからか、来杉は躊躇《ためら》いもなく内情を話していた。

「そうですか。それなら何とかしましょう」

伊勢はあっさりと了解してくれた。よし、と来杉は胸中でガッツポーズし、勢いに乗って言い足す。

「お知恵も貸して頂けないでしょうか。ミナトが今回同様のスラップ訴訟を全国で起こしていないかを調べる方法がないかと」

「ものはついでです。私が一緒に調べておきましょう」

ことなげな口ぶりだ。何かツテがあるのだろう。

伊勢は再び営巣地を見やった。来杉はその横顔に問いかける。

「写真、本当に大丈夫だったんですか」

司法回りの経験はなくても、地検がほぼ取材できない閉鎖的な組織だという事実くらいは来杉も知っている。いくら名前も出ず、街ネタの写真とはいえ、その職員が新聞に掲載されたのだ。組織内で問題になっても不思議ではない。

「ご心配なく。いい記念になりました」

伊勢は微塵《みじん》も意に介していないのか。神経は案外図太いらしい。

その後、来杉は一時間ほど営巣地を観察して、以前から予定が入っていた県版の通年企画の取材に出かけた。取材先は県北だ。車で片道約三時間はかかり、一日仕事になる。県警が持ち場の『サツ回り』はいつ何時《なんどき》事件が起きるかわからず、行政担当も日中は市内を離れられない。こういう仕事は自ずと遊軍に割り振られる。

来杉が県北から湊川市に戻れたのは夕方五時過ぎだった。支局に戻る前にコアジサシの営巣地に寄っていこう。来杉はハンドルを切った。

少々離れた場所に車を止めると、営巣地付近に佐藤のほかにも見慣れた人影が二人並んでいた。

一人は伊勢。あの白髪頭は他にいない。その隣にいるのは——。

沢村。

二人は時折笑みを交えて話している。沢村は湊川支局時代、司法回りだった。伊勢と顔馴染みでも不思議ではない。いや、待て。伊勢は総務課なので事件を受け持たないと言っていた。二人は個人的な付き合いでもあったのだろうか。

来杉さん、と佐藤が声をかけてきた。沢村もこちらを向き、よう、と右手を軽く挙げてくる。

来杉は三人のもとに向かった。

「久しぶりだな」と沢村は屈託がない。

「今日はどうしたんだ？　この前、湊川に来るなんて言ってなかったのに」

「急遽、秋の参院選のリハーサルでさ。仕事のための仕事だよ」

沢村が肩をすくめた。

来杉は得心がいった。報日新聞でも再来週の土日、秋の国政選に向けたリハーサルの予定だ。各新聞社は国政選に際し、本社、全支局を巻き込んだ入念なリハーサルを半年近く前から休み返上で何度も行う。その時、政治部の記者が支局を訪れ、国政選挙の見通しや争点をレクチャーする場合もある。約一年前まで湊川支局にいた沢村は、解説要員にもってこいだろう。

「湊川市の助役が民自党の比例候補になるんだろ？」

来杉は軽いジャブを放った。ああ、と沢村は何食わぬ顔だった。湊川市助役の出馬について、東洋新聞が先日特ダネで報じている。きっと書いたのは沢村だ。

沢村はコロニーを一瞥《いちべつ》した。

「来杉のコアジサシの記事を読んだら、どうも本物を見たくなってな。県の野鳥愛好会に電話してこの場所を教えてもらったんだ。県版もいい記事だったぞ」

「県版？　わざわざ記事検索で読んだのかよ」

「同期の記事は結構チェックしてんだ」

「物好きだな。ところで、伊勢さんとは知り合いだったのか」

「まあね、次席レクの仕切りだから」

次席レクとは、次席検事が週に一度だけ開く記者会見だ。この時以外、司法記者ですら地検内には一歩たりとも足を踏み入れられない。そのレクの仕切り――窓口ともなれば、重要な役どころだ。伊勢はかなり高い地位にいるのか。当の伊勢はこちらの会話などお構いなしにコアジサシを眺めている。まだ勤務時間中のはず。外出はできるようだ。

「来杉はそろそろ高校野球予選の取材だよな。いよいよ夏って感じだよ」

「それが今年は残念ながら現場に出られないんだ。支局で、一年生記者が書いた原稿の〝受け〟でさ」

「惜しいなあ。デスクに来杉の高校野球原稿のコピーを渡されたのが懐かしいよ。『沢村もこういう原稿を書け。報日に負けてるぞ』ってな。俺だけじゃなく、他社の同期も来杉の原稿を手本にしてたし」

「そんなこともあったな」

来杉は懐かしさを覚えた。取材先の球場で沢村たちにその旨を教えてもらった時は、面映《おもは》ゆくもあり誇らしくもあった。

沢村がやや前傾姿勢になる。

「今更なんだけど、どうして高校野球であんなに読ませる原稿を書けたんだ？ 悪く言えば、単なる高校生の球遊びだ。なのに、こう……ぐうっと文字に吸い込まれていく原稿っていうかさ」

「そりゃ褒め過ぎだ」

「俺はマジで言ってんだよ」

確かに沢村の面貌《めんぼう》は真剣だ。こちらも真剣に答えないといけない。来杉は瞬《まばた》きを止め、腹に力を入れた。

「お前が褒め過ぎかどうかは置いておくとして、俺は高校野球も含め、街ネタ——特に人モノを書く時には肝に銘じておくことがある。多くの人にとって、新聞に載るなんて一生に一度っきりだってな。なら、その人にとって一生の記念になる原稿にしたいんだ。以後、その人がどんな日々をいとなむにしろ、記事が大きなよすがになるようにさ」

沢村は目を広げ、ゆるゆると首を振った。

「もっと早く聞いときゃ良かったな。そんな発想、俺にはなかった」

「そりゃ、沢村が特ダネ記者だからじゃないか。事件事故の記事を一生の記念にしたい人なんていないんだ。それに事件事故の原稿は大体のフォーマットが決まってるし」

「いや、違う。事件事故に関わる人にもいとなみはある」沢村は強い語勢だった。「出来事の良し悪しはともかく来杉のような心構えで書いてれば、フォーマットが決まってても、もっと人の心に響く記事になったはずだ」

事件事故に関わる人にもいとなみはある――。来杉は頬《ほほ》を強く張られた気がした。

沢村が親指を東の方に振る。

「東京異動はまだなのか」

胸にずしりと響き、今度は来杉が肩をすくめる番だった。とっくに諦め、麻痺したと割り切っていたのに……。

「可能性は限りなくゼロかな。俺みたいな街ネタ記者は本社に居場所がねえよ」

「バカ言うな。ウチだけじゃなくて、各社、東京は殺伐としてるぞ。だから来杉みたいな原稿を書ける記者が必要だ。お前の原稿はもっと全国版で読まれるべきだよ」

「そうかよ」

来杉がぶっきらぼうに応じると、沢村は顔をやや寄せてきて、声を落とした。

「お前、本当にスラップ訴訟を取材してないんだよな」

「ああ。それ自体はな」

いくら沢村が仲のいい他社同期で、もう湊川支局員ではないといっても、『実は取材してる』とは言えない。

そうか、と沢村の相貌が急に引き締まった。湿り気がたっぷり含まれた潮風が二人の間を吹き抜けていく。

「あれ?」佐藤が素《す》っ頓狂《とんきょう》な声をあげた。「またミナトの人間だ」

来杉は沢村の追及をかわそうと、佐藤の視線を追った。昨日の二人組だ。来杉たちとはいささか離れた場所から営巣地を観察している。

「ちょっと、話を聞いてくるわ」

来杉は沢村から離れ、ミナト職員の方に足早に向かった。ミナトの二人は真剣な面持ちで営巣地をしげしげと見ている。若い方がこちらに気づいたので、来杉は目礼した。

「社内で方針転換でもあったんですか。まさか営巣地を潰すとか――」

「いえいえ」中年の方が遮るように言った。「昨日も申し上げた通り、コアジサシが巣立つまで工事はストップします」

「その後は？」

「……ええと、そうですね……予定通りでしょう」

歯切れが悪かった。

「ひょっとして、社内で意見が割れてる？」

「それは、まあ、何ともお答えしようがありません」

コアジサシの営巣地に大型ショッピングモールを建てた、となればイメージも悪いが、それは一時だけだろう。一年も経てば県野鳥愛好会の会員以外、誰も憶えていないはずだ。第一、ショッピングモール建設を望む市民は多い。このご時世、企業は過敏なほど世論に気を配らないといけないのか。

中年の隣では、若い方が昨日に増して苦虫を嚙み潰したような顔をしている。

その後、いくつか質問をしたものの特に実のある返答はなく、来杉は最後に念を押した。

「本当にコアジサシが巣立つまで、工事はしないんですよね」

中年が口を開きかけた時、これまで黙っていた若い方が先に声を発した。

「もちろんです。弊社は『社会、世界、地球に貢献』を理念に掲げております。コアジサシの見守りも、この理念に含まれます」

「その立派な理念には、浜辺通り商店街も含まれてるんですか」

スラップ訴訟を念頭に置いた問いかけだった。一拍の間が空いた。

「ショッピングモールに人が集まれば、商店街にも波及効果があるでしょう」

現実離れしているというか、とってつけたような返事だ。若い方もそれをわきまえているので、答えるまでに間が空いたのだろう。

来杉の視界の端ではコアジサシが巣に戻ってきていた。入れ替わるように、別のコアジサシが飛び立っていく。

若い方はおもむろに姿勢を正した。

「少なくとも、私は社の理念に魅かれて就職を決めた人間です。この理念に反する真似はいたしません」

取材を終えて来杉が戻ると、いるのは佐藤だけだった。伊勢と沢村の姿はない。どうだった？佐藤に聞かれ、ミナトの方針に変更はない点を伝えた。

「沢村と伊勢さんは？」

「さあ。二人揃《そろ》って街に戻るって言ってたけど」

喫茶店で昔話でもするのだろう。ひとまずスラップ訴訟を巡る取材について、沢村に突っ込まれる危機は脱したようだ。

「あ、そうそう、伊勢さんに伝言を頼まれたんだ。明日の朝、今日と同じ時間にここに来てほしいって」

翌朝、来杉が営巣地を訪れると、すでに伊勢の姿があった。

「どうぞ」

伊勢が黒革の鞄から取り出したのは、ミナトが浜辺通り商店街を相手取った訴状だった。その場で目を落とすと、以前に商店街組合の会長が言っていた内容が難しい法律用語を使って記されている。昨日の若いミナト社員の言葉が来杉の心中をかすめた。彼はスラップ訴訟についてどう捉えているのだろう。

もっとも、社会人として日々を過ごすうち、何かを手放さないといけなくなる時が誰にだってくる。それが理想や信念といった例なんてごまんとある。誰もが望み通りに生きられるはずもない。では、自分はどうなのか。

この七年、特段何かを失った憶えはない。そもそも信念や理想、大志なんて無縁だった。沢村のように『是が非でも政治部に行く』という希望すらもなかった。

けれど、昨日沢村に東京異動を聞かれた時に生じた、あの胸の痛み……。

今回、コアジサシを通じてスラップ訴訟を知り、自分が空っぽな人間だとまた突きつけられたのだ。人や生き物のいとなみに強く惹かれるから街ネタを追う、と嘯くのは単なる逃げなのだと。なぜなら、事件事故の陰にも人のいとなみはある。踏みにじられたいとなみが――。

七年も記者をしていながら、こんな単純な道理に至らない人間が東京本社に上がれるはずがない。

いや、違う。来杉は奥歯をぐっと噛み締めた。東京本社なんかどうでもいい。情けなさが痛みになったのだ。

本当はとっくに悟っていた。それなのに事件取材は体力的にも精神的にもきついから避けていたんじゃないのか。自分が逃げている現状から目を逸らすために、もっともらしい理由をつけていたんじゃないのか。事件取材なんて人モノに比べて自由度が低く、被害者や加害者の周辺や捜査を追うだけのつまらない取材なのだと。

自分に、他社に負けることから逃げただけだった。失うものすらなかったのだ。

この七年、一体何をしてきたのだろう。

……これから何ができるのだろうか。

「今までも」と伊勢が静かに声を発した。「ミナトは何度か今回と同じ手を使い、各地で反対運動を封じてます」

来杉は目を見開いた。

「それぞれ結果はどうなったんでしょうか」

「すべて和解です。実質的にはミナトの勝利でした」

「すると、今回もそうなる公算が大きいですね」

伊勢がすっと顎《あご》を引いた。

「ええ、よほどの事情がない限りは」

4

七月に入り、来杉は高校野球の地方予選取材班のキャップとして、朝八時から午前零時過ぎまで冷房の効いた支局に籠《こ》もる日が続いた。スラップ訴訟の取材はおろか、コアジサシを見に行く余裕すらもなかった。とはいえ、時折佐藤からメールが入るので、ヒナが順調に育っているのは知っていた。

白熱した準々決勝が終わった夜、後輩記者と出場選手名を読み合わせしていると、数メートル先のシマから司法回りの後輩とデスクの会話が耳に入ってきた。

「最近、東洋の様子がどうも怪しいんですよね」

「ほう。おい、来杉っ」

呼ばれ、来杉は読み合わせを中断して、二人の方を見た。

「なんでしょう」

「お前と同期の特ダネ記者はもういないんだよな。ほら司法回りの」

「ええ。東京の政治部にいます」

「了解、読み合わせを続行してくれ」

来杉は司法回り記者とも目が合ったが、すぐに逸らされた。

東洋？　以前、沢村が伊勢と仲良く話していた姿がある。沢村は伊勢からネタを引き出して、自身の後輩記者に知らせたのだろうか。高校野球は明日、調整日で試合がなく、ちょうど営巣地を見に行くつもりだった。伊勢がいれば、それとなく探りを入れてみるか。当たれるルートを持っているのに、それを使わないで自社が負けるのは寝覚めも悪い。いくら担当記者に疎まれていてもだ。何か掴めれば後輩記者に引き継ごう。

これは自分のためでもある。この七年、無視してきた事件事故関係者への謝罪の意も込めて。

翌朝六時、遊軍となっても抜かれチェック用に購読する東洋新聞の社会面を見るなり、来杉は血の気が引いた。ゴシック体の見出しが脳を揺さぶってくるようだった。

基準一万倍のヒ素検出　ミナトのモール予定地　湊川

急いで記事に目を通した。夢海岸のモール建設予定地の土壌からはヒ素以外にも亜鉛、水銀、ダイオキシン、ベンゼンなどの有害物質が軒並み基準の数十倍から、局地的には一万倍の値で検出されていた。ミナト広報部は「寝耳に水の話で、コメントのしようがない。早急に事実関係を精査したい」とし、市は「ミナトに土地を売却する前に土壌汚染対策法に基づき、土壌調査を行った。有害物質は基準値以下だった」とコメントしている。

今回調べたのは――。

浜辺通り商店街組合が依頼した民間検査機関、とある。土壌汚染の原因について検査機関は『埋立てに使われたゴミ類から有害物質が染み出たと見られる』と推定していた。たとえ過去に市が行った調査で基準値以下だったとしても、一万倍という数値は大きい。また、記事ではスラップ訴訟についての言及もあった。

やられた……。このネタは司法担当か市政担当が嗅ぎつけるべきで、遊軍の持ち場ではない。だが、自分が取材していた場所だ。土壌調査もスラップ訴訟についても知っていた。完全な抜かれだ。

その時、胸に不安が込み上げてきた。

コアジサシは大丈夫だろうか。現場を訪れた記者連中に営巣地を踏み荒らされないだろうか。時折、抜かれた記者が現場で無茶な取材をするケースがある。

これから自分にできることは――。

いてもたってもいられず、来杉は大急ぎで準備をして自宅マンションを飛び出た。

現場にはまだ記者の姿はなく、双眼鏡を構える佐藤だけがいた。まずはコアジサシの体調に問題がないのかを確かめないと。

……ヒナがかなり成長している以外、一ヵ月前と特段変化はない。もうヒナというより、一回り小さな成鳥といった姿になっている。

「もちろん、有害物質に汚染された土壌が体にいいはずないでしょう。でも、別の所に移そうにも適した場所がないので見守るしかありませんよ」

佐藤は達観していた。

二人で二時間近くコアジサシをつぶさに観察した。体が弱っているようなヒナも親鳥もいなかった。ほっと一息つき、来杉は額の汗をぬぐった。朝から天気が良く、今日はかなり気温が上がりそうだ。海は陽射しを浴びてきらきらと輝き、コアジサシの親鳥は風に乗り、魚を狙っている。

八時を過ぎると、他社の若手記者がちらほら姿を見せた。営巣地の様相をおとなしく写真に収めている。誰もが意気消沈していて、敷地に入るような素振りは見えない。無茶をする記者はいなそうだ。来杉はこの場を佐藤に任せて、浜辺通り商店街に移動した。

多くはまだシャッターが下りている中、すでに開店している豆腐屋に駆け込んだ。商店街組合会長の店だ。

会長は頬を紅潮させ、鼻息も荒かった。

「アドバイスに従って良かったよ。局面を変える一手に使えそうだぞ」

「土地を調べたのは、弁護士の助言だったんですね」

違う違う、と会長が右手を顔の前で大きく振る。

「弁護士は何もしてくれなかった。前にアンタと建設予定地で会っただろ。あの時にいた白髪の人。あの後、ダメ元で土壌調査を求めたらどうかって言われたんだ。何かやばい成分が検出されたら、工事がストップするかもしれないって」

そんな助言を伊勢が？　スラップ訴訟について話した時は、何も言っていなかった。

「伊勢さんはどうしてそんな助言をされたんでしょう」

「さあ。それは本人に聞いてくれよ」

「土壌汚染の数値、商店街組合から東洋新聞に教えたんですか」

「昨日、取材に来たんだよ。兄ちゃんも来てくれりゃ、喜んで教えてやったのに」

完敗だ。高校野球の地方予選にかかりきりだったにしても、土壌調査について頭からすっかり抜け落ちていた。

「東洋は継続的にこの訴訟を取材してたんですか」

司法回りの後輩は東洋の動静が妙だ、と話していた。

「いや。ウチが取材を受けたのは昨日が初めてだよ」

東洋新聞はどうやって嗅ぎつけたんだ？　コアジサシの営巣地について記事にしていない。あの土地――土壌汚染のネタを引っかけられる端緒はない。

ふっ、と脳裏に二人の姿がよぎった。……これだったのか。

沢村と伊勢。

伊勢は沢村に土壌調査の件を告げ、沢村は後輩記者に伝えた――。

「記者さん、工事が中止になったら大々的に記事にしてくれよ」

会長はにんまりと笑った。

来杉はそれからしばらく商店街を取材して、営巣地に戻った。記者の姿はもうない。

気温が上昇し始めて蒸し暑くなった十時過ぎ、ミナトの二人がやってきた。二人はプレスリリースを持参しており、来杉はそれを受け取った。広報部名義で、『土地を適切に整備して、モールを建設する』と記されている。

「適切な整備とは具体的にどうするんです？　モールは生鮮食品も扱うんでしょう。利用客は絶対的な安全性を求めますよ」

「弊社も皆さま同様、安全性を重視しております」中年の方が口を開いた。「まず土を盛るなど土地全体をかさ上げして、コンクリートで固め、完全防水処置を施します」

「土壌の再調査は？」

「現時点では予定しておりません。万全な土地整備を実施すれば、問題ないと考えておりますので」

「工期は変わらないんですか」

「いえ、半年近く延びる見通しです」

浜辺通り商店街の会長はぬか喜びか。わずかばかり寿命が延びただけだ。

「なんだか、拍子抜けですね」中年の方が顎をさすった。「もっと記者さんが大勢いらっしゃるかと身構えてました。熱心なのは、報日さんだけみたいだ」

「コアジサシの命にも住民の生活にも直結する問題だと、私は受け止めてるので」

来杉は本音で答えた。なるほど、と中年が応じてきた。隣の若い方は今日も難しい顔つきだ。

二人から離れてデスクに連絡を取ると、この原稿は経済担当記者が書くとの返答だった。それでも一応、来杉は夕刊帯が終わるまで現場で待機することにした。

七月下旬の陽射しは次第に強くなり、じりじりと肌を焼いてくる。支局に籠もりきりで、まるで味わわなかった夏が一気に押し寄せてくるようだ。汗がとめどなく体から滲《し》み出してきて、首筋や腕が痛い。

コアジサシはそんな強烈な夏の環境に負けず、生のいとなみを一途に続けていた。大きくなったヒナはあちこちでしきりに羽を広げ、飛ぶ真似事をしている。自然はたくましい。心底感銘を受ける。咽喉《のど》の渇きを誤魔化そうと、溶けかけた飴《あめ》を口に入れた時だった。

にわかに来杉は引っかかりを覚えた。頭の奥底がむず痒《がゆ》いような……。コアジサシに視線を置いたまま、自身の思考を順々に遡《さかのぼ》っていく。

アッと息を止めた。

あの時――。

来杉の脳は目まぐるしく動き出した。


細い路地を街灯がぼんやり照らしている。湊川市中心部からＪＲで東に七駅離れたベッドタウンを来杉は歩いていた。

この一時間近く常に視界に入れていた、その丸っこい背中に声をかける。

「課長」

湊川市建築指導課長は足を止めて、勢いよく振り返ってきた。驚いたのだろう。

報日新聞です、と来杉は軽く頭を下げる。

「記者さん？　ああ、コアジサシの時の……」課長は眉を顰《ひそ》めた。「こんな所まで何事でしょう？」

「早急にお尋ねしたい一件があって」

周りに同僚の目がある役所内で話すはずがないと読み、退勤後の課長を市役所から尾行してきていた。

路地に自分たち以外の人影はないが、来杉は声を低くした。

「知ってましたよね」

「はい？」

「コアジサシが営巣している場所についてです。ミナトに払い下げた、あの土地が有害物質に汚染されている実情を」

薄暗くても、課長の顔が硬直したのが見て取れた。

――自然……っていうか、生き物の生命力は強いですよねえ。

約一ヵ月前に取材した際、課長はそう言った。どういう意味なのかを問うと、ハッとした面容で埋立地の由来を話した。あれは、課長が土壌汚染を知っていたからこその反応だったのではないのか。

たくましい――。今日来杉がコアジサシを見て感慨に耽《ふけ》ったように、課長もそう驚嘆していたのではないのか。

課長はまじろぎもせず、呆然《ぼうぜん》としている。来杉は目の辺りに力を入れ、そんな課長をじっと見据える。セミも鳴いておらず、辺りはしんとしていた。

「本当に市の調査では、有害物質が基準値以下だったんですか。だったらどうして今回一万倍ものヒ素が検出されるんです？　そんなに粗雑な調査だったんですか。市の信用性が問われますよ」

課長は答えない。

アタリの反応だ。来杉は一歩、にじりよった。体の芯《しん》が燃えるように熱い。それはこれまでの記者生活で初めて味わう感覚だった。

「今日の記者会見ではかわせたんでしょうが、いつまでも黙ったままではいられませんよ。各社、今後必ずこの点を突いてきます。第一、もう東洋には話してるんじゃないんですか」

課長はなおも黙している。

来杉は声に熱と力を込め、課長っ、と相手のみぞおちにぶつけるように言葉を投げつけた。

「市民の健康や絶滅危惧種の鳥の命なんて知ったことじゃない――そんなスタンスだと受け取っていいんですか。湊川市の行政はそんなにいい加減なんですか」

ジジッ、とどこかでセミが急に声を上げ、飛び立っていく音がした。

課長の口が歪み、ようやく動き出す。

「いえ」

「市の調査でも、問題の土地で基準値以上の有害物質が検出されていたんですね。ミナトはそれを承知で購入した。そうなんですね」

来杉が毅然《きぜん》とした物腰で直視していると、課長は弱々しく項垂《うなだ》れた。

「……はい」

来杉には釈然としない点があった。

「土地購入についてはともかく、数値については速やかな公表が求められますよね。なぜ公表しなかったんです。これでは隠蔽《いんぺい》じゃないですか」

付近住民への後ろめたさ？　夢海岸では、すでにマンションや学校が建つ予定の土地でも基準値以上の有害物質が出ていて、市はそれを隠蔽しようとしている？　来杉の頭には次々と仮説が浮かんだ。

「……私は、私には答えられません」

「課長以外、誰が答えられるんですか」

「助役なら――」

課長は目を泳がせ、慌てて言葉を止めていた。

来杉は体がぶるっと震えた。なんだ？

ほどなく気づいた。

武者震いだ。

5

七月二十五日付　報日新聞朝刊。

有害物質　市とミナトも把握　湊川市夢海岸

湊川市中央区夢海岸で基準値を大幅に上回る有害物質が土壌から検出された問題で、同市が払い下げ前に複数回行った土壌調査の一回目にも今回同様の結果が出ており、同市とミナトがそれを把握していたことが二十五日、報日新聞の調べでわかった。以前、「寝耳に水」と発表したミナトは、「土地を購入した担当部で情報が止まっていた。当該地については、適切な処置をした上で使用すれば問題ないという理解だ」と話している。湊川市は「精査するために複数回の調査を行い、二度目以降の調査では数値が基準値以下だった」と一度目の結果を公表していなかった。専門家は「市は一度目の調査で速やかに数値を公表するべきだった」と指摘している。

関係者によると――。

＊

七月三十一日付　報日新聞朝刊。

湊川市助役逮捕へ

湊川市中央区夢海岸で基準値以上の有害物質が土壌から検出された問題で、同市が払い下げ前に行った土壌調査でも同様の結果が出ていた際、それを公表しないようミナト側が同市に依頼し、担当部長が口止め料として同市助役に五百万円を渡していた疑いがあることが三十一日、報日新聞の調べでわかった。県警捜査二課は贈収賄の疑いで、一両日中にも同市助役とミナトの担当部長を逮捕する方針。ミナト広報部は「コメントできない」とし、湊川市は「捜査に全面的に協力する」と話している。

報日新聞が独自入手した資料によると、同市が「基準値以下だった」としている二回目以降の土壌調査でも基準値を大きく上回る有害物質が検出されており、市に保管される文書記録の数値が改竄《かいざん》されていた。今回土壌の数値測定をした市職員は二人で、いずれも過去十年間夢海岸地区の測定を担っている。この市職員二人に口止め料が支払われたのかは不明。夢海岸の別地区でも数値が改竄されていた恐れがあり、専門家は「ひどいの一言に尽きる。市もミナトも、市民の健康を無視している」と断じている。
県警捜査二課の調べによると――。

＊

来杉は携帯で今朝の朝刊社会面を読み、画面を閉じた。来杉が中心となってこの約一週間、昼夜の別なく愚直に取材してきたネタだ。

空はもうとっくに明るくなっている。腕時計を見た。午前六時。そろそろ助役とミナトの関係幹部が逮捕される頃合いだ。後輩記者が写真を押さえるべく各自宅を張っている。新聞が〝一両日中〟と報じた日は大概、その日が着手日となる。

来杉は路上駐車している車を出て、コアジサシの営巣地を眺めた。もう親鳥とヒナの区別がまったくつかなくなっている。

湊川市建築指導課の課長は、コアジサシの営巣地で有害物質が検出された事実を『ミナトも知っていた』と明かした後、『助役に口止めされてるので、これ以上は言えない』と声を震わせ、重ねて追及すると、助役から土壌調査の結果を表に出さないよう指示されたと口を割った。『他の土地取引にも影響が出かねない』と釘を刺されていたのだ。来杉は、助役の言動がそもそも腑《ふ》に落ちなかった。市にとって隠蔽が本当のメリットになるとは思えなかったのだ。そこであの夜、支局に戻るなり、デスクに語気荒く直談判した。

――助役は市民の健康を蔑《ないがし》ろにしてます。もっと深く取材しましょう。もし口止めが外部に漏れたら大問題になるのは必至です。助役もそれをよく理解してるはず。隠蔽を呑み込むような別の要因が隠れてるんじゃないでしょうか。

デスクは目を丸くしたが、数秒後には口元を緩め、『よし』と認めた。来杉をキャップに、市政担当記者、経済担当記者、スラップ訴訟の絡みから司法担当の四人による取材班が組まれ、高校野球の準決勝、決勝はデスクが直接扱う措置となった。

——え？　来杉さん、伊勢さんを知ってるんですか。

司法回りの後輩は羨望《せんぼう》の眼差しを向けてきた。一ヵ月前に一面を飾ったコアジサシの写真では伊勢の写りが小さく、目に留まらなかったそうだ。後輩の説明で、伊勢が総務課長でその白髪から白い主、シロヌシ、転じて『S』の異名で呼ばれている——と来杉は知った。歴代次席検事の懐刀《ふところがたな》であり、時には量刑の決裁にまで関わる噂《うわさ》もあるという。また、湊川の各司法記者はこぞって伊勢に食い込もうと試みるが、誰も成就していないそうだ。あの伊勢が、と驚くと同時に沢村と話す姿を反芻《はんすう》した。沢村だけは伊勢に食い込んでいたのだろう。

一本目の原稿では助役の不可解な言動には触れず、外形的な面だけを報じた。わざわざ他紙に糸口を与える必要はない。ただその後の取材は難航した。ミナトも湊川市も『調査中なので』とガードが固く、新たな手掛かりが何も出てこなかったのだ。空振りなのか？　来杉が歯噛みしていると一昨日、携帯に一本の電話がかかってきた。

来杉さんですね？　ええ。簡単なやり取りの後、相手は言った。

——ウチの幹部が県警に任意で聴取されています。

名乗らずに語り出した声に聞き覚えがあり、来杉の記憶が弾けた。

――ミナトの方ですね。

コアジサシのコロニーを見に来た二人のうちの若い方だ。最初に会った際、あの二人とは名刺交換した。来杉の名刺には携帯番号も印字されている。

――はい。

相手は腹を固めたような、粛《しゅく》とした声柄だった。

――幹部の方には何か容疑がかかってるんですか。

――具体的には存じません。

――どうしてそれを私に？

――来杉さんはコアジサシの保護に熱心だったので。

以前、若い方がミナトの理念「社会、世界、地球に貢献」を口に出した際、本気で向き合っている印象を受けた。どうやら親近感を持ってくれたらしい。高邁《こうまい》な理想を抱く人間と、理想なんて持たなかった自分がコアジサシを介して繋《つな》がり、同じ目的を果たそうとするなんて、人生とは不思議なものだ。

――なぜ商店街が要求した土壌調査に同意したんです？

ゆくゆく土地のかさ上げや防水工事をするにしても、痛い腹を探られるだけだろうに。

――以前、取材にお答えした通りです。土地を購入した事業推進部から我々開発事業本部に、土壌調査の結果が下りてなかったんです。『問題ない』というペーパー一枚だけで。だから開発事業本部の課長も部長もあっさり許可しました。

結果が共有されなかった理由は明らかだ。隠蔽や数値の改竄を知る者は少ない方がいい。漏洩《ろうえい》のリスクが減る。

――すると、お二人と会った二度目、あれは土壌調査を商店街側に許した翌日でしたよね。今後の措置を講じるべく、もう一度現場を見にきてたんですか。

――ええ。あの日、私たちも土壌の実情を知ったばかりだったんです。事業推進部に土壌調査の件を伝えると、真相を明かされ、慌てて出向いたのが実際のところで。

この電話の後、取材班に県警担当も組み込み、助役も任意聴取される見通しだと突き止め、今回の特ダネに至った――。

夏の朝らしく、爽やかさと湿気が混ざった海風が吹き抜けていく。

ポケットの携帯が震えた。液晶には支局の番号。出ると、助役とミナトの担当部長が逮捕され、二人の連行姿を後輩記者が撮影したという一報だった。

通話を切り、来杉は携帯を握ったままその場に立ち尽くす。

このネタは数時間後、夕刊一面のアタマを大きく飾る。会心の特ダネだというのに達成感はない。勝った実感すらない。

勝ったのは報日新聞でも県警でもないのだから。勝ったのは――。

「おはようございます」

背後から声をかけられ、振り返ると伊勢がいた。来杉は一礼する。

「朝からお呼びだてしてすみません。どうしても伺いたい件がありまして」

「いえいえ。出勤前にコアジサシを見に来ようと思ってたので」伊勢は隣に並んでくると、目を細めた。「もうじき巣立ちですね」

埋立地のあちこちでコアジサシが羽を休め、その柔らかそうな羽毛が緩やかな海風に揺れている。

来杉は深く息を吸い込んだ。

「地検は吉村泰二《よしむらたいじ》を狙ってるんですか」

吉村泰二、湊川市選出の国会議員だ。世襲議員の吉村は与党・民自党に所属し、現在は厚生労働大臣を務めている。

伊勢は目を細めたまま、口を開かない。

来杉にとっては、なかば確信に満ちた問いかけだった。考察を進めていくと、そう結論づけられたのだ。

伊勢は次席検事の懐刀。それなりの情報網があり、そこにまず湊川市助役の贈収賄事件の端緒——土壌汚染の隠蔽が引っかかった。だからこそ、浜辺通り商店街に調査を促した。伊勢が隠蔽の陰に金銭授受の臭いを嗅ぎ取ったのかまでは判然としないが、きな臭さは感じたのだろう。土壌調査の結果は穏やかな数値ではないし、ミナトは値下げ要求もせずに土地を購入している。そこで念のため、旧知の県警捜査員に告げたのだ。湊川地検には独自捜査を行う特別刑事部があるが、人員は少なく、動くのは知事や複数の市長などが絡むような事件にどうしても限られてくる。ここまでの伊勢の対応は通常の流れとして納得できる。

しかし、伊勢は記者にも端緒——土壌汚染について告げた。沢村に伝えたと言い切れる根拠もある。沢村はスラップ訴訟を取材していないかを尋ねてきた。あれは沢村なりの、苦楽をともにした他社同期への義理立てだったのだ。沢村は県版に載ったコアジサシの記事もデータベースで読み、来杉の後輩記者とは違って、写真に伊勢がいるのを見た。そこで本来なら来杉に流されるべきネタだとわきまえ、取材に関与してないのを確かめた上で後輩に取材を進めさせ、それが土壌汚染に関する特ダネになった。

伊勢が沢村にリークした意図は何か。この疑問に頭を巡らせていくうち、来杉は一つのメリットに行き着いた。それは、県警が捜査をサボれなくなる点だ。二課の幹部も馬鹿ではない。記者の問いかけ方や佇《たたず》まいで、それなりのネタをもとに動いていると嗅ぎ取り、動くしかなくなる。伊勢にとって、沢村が湊川市に現れたのは渡りに船だっただろう。二人は何か気脈を通じている様子だった。

では、なぜ伊勢は県警が動かなくなると読んだのか。言い換えれば、どんな場合に県警は動かなくなるのか。

県警が捜査に及び腰になるのは、国会議員が絡むケースが大半だ。伊勢は市上層部に捜査の手が伸びた時、吉村の影がちらつき、県警が捜査を止めてしまう事態を防ぐべく、あらかじめ記者の布石を打ったのだ。吉村は湊川市上層部に強い影響力を持っている。助役が今度の参院選で民自党比例候補だった点もそれを裏づけており、県警も捜査から手を引きかねないと予想できる。また、来杉が公開中の政治献金収支報告書を調べたところ、ミナトは吉村に献金していた。伊勢はこの点も考慮したはずだ。

だが、ここまでの絵図を最初から描けるだろうか。伊勢がどんなに切れ者だとしても難しいのではないのか。

……伊勢が最初から絵図を描ける可能性が一つだけある。

吉村の関与を最初から想定していたら――。

そう睨《にら》める仔細《しさい》を伊勢は摑んでいるのではないのか。

伊勢がつと真顔になった。

「やっぱり、あれは来杉さんについての言及だったんですね」

「何がです？」

「以前、とある記者がライバル記者について熱っぽく話してくれたんです。そのライバル記者は自分が負けない分野で勝とうとしている、と。それは一見、きついので事件取材から逃げているようにも見える。だけど、本当にそんな性根の記者なら得意分野を持てるわけがない。事実、街ネタでは誰も勝てない。その記者は根っからの負けず嫌いなので、負けそうな勝負なら最初からやらない方がマシだと割り切ってるだけだ。弱く見えるのは強さの裏返しで、自分がやろうと決めた取材では必ず結果を出すので怖い――って」

その評された記者と評した記者は……。

伊勢が淡々と続けていく。

「少し前、来杉さんの高校野球原稿が素晴らしかったと立ち聞きしていたので、おそらくそうだろうと踏んでたんですけど、これではっきりしました」

またポケットで携帯が震えた。支局からの緊急連絡か？　来杉は伊勢に断りを入れて携帯を取り出した。

沢村からのメールだった。

『朝刊社会面、お前だろ。これで東京本社異動もあるぞ。観念しろ』

来杉は携帯を握る左手に力が入った。コアジサシという街ネタの延長線にある以上、自分が土壌汚染の後追い取材に走るのを見越されていたのか。

味な真似をしてくれる——。

この約一週間、東洋新聞が今回の贈収賄事件を取材している気配はなかった。伊勢もそこまで沢村に言っていなかったのだ。

ただし、事件取材に達者な沢村なら後輩記者から取材成果をかき集め、このヤマにはまだ続きが、裏があると察するはず。それなのに後輩記者には黙っていた。

——各社、東京は殺伐としてるぞ。だから来杉みたいな原稿を書ける記者が必要だ。お前の原稿はもっと全国版で読まれるべきだよ。

あれは本心だったらしい。

凄《すご》い記者だと改めて感心させられる。沢村が評したような、勝てる分野で勝負しようと計算した憶えも、自分を根っからの負けず嫌いだと意識したこともない。けれど、「見当違いだ」「買い被りすぎだ」とは言えない。やろうと決めた取材では、今回もこうして結果を出したのだ。沢村は、来杉一平本人が認識していない性根や心の奥に抱えた記者の矜持《きょうじ》を読み取っていたのか。

弱さは強さの裏返し——。

沢村、と来杉は胸中で語りかけていく。俺はいい他社同期を持った。東京本社に上がれるかは知る由もないけど、あがくだけあがいてみるよ。本社の方が地域を特定せず、人のいとなみを追いやすくなるからな。それにたとえ本社に行けなくても、あがいた過程は今後の記者人生で糧になる。それこそコアジサシのように、渡り先——異動先で精一杯生きていけばいい。あと半月ほどでコアジサシが湊川から旅立つように、自分もいずれこの地を離れるのだから。

来杉は長い瞬きをし、伊勢を凝視した。

「これは標的ありきの捜査ではないんですよね」

犯罪の端緒を得ていないにもかかわらず、権力が特定の個人に狙いを定め、捜査に走る真似を許してはならない。ここで否定すれば、伊勢が確実な情報を摑んでいたと汲《く》み取れる質問でもある。自分にはこの事実関係を検《あらた》める責務がある。伊勢の勝利に計らずも一役買っていたのだ。

「どういう意味でしょう」

「今朝、うちの一面に載った件です。あれは吉村泰二を狙うため、湊川市助役とミナトにメスを入れたのか――という意味です」

伊勢の深沈とした態度は崩れない。

「私には何とも言えませんよ。報日さんが報じた事件については、標的もなにも地検マターではないですし、そもそも私は事件捜査に関わる立場でもありません」

「ですが、地検は今後捜査に絡みますよね」

「もちろん送検されれば」

このまま煙に巻かれてたまるか。

「あなたは吉村泰二の支持者ですか」

伊勢の顔が動いた。珍しく目を見開いている。

「あの」来杉は声を落とした。「何か変なことを言いました？」

「いえ、そんな問いかけを受けるのは初めてだったので」

湊川の政官財界にいる者は、おしなべて吉村支持者だからか。来杉は咽喉に力を入れ、再度切り込んだ。

「それで、いかがなんですか」

伊勢は再び表情を消した。

「お答えする義務はないでしょう」

あっさり撥《は》ね返され、つけ入る隙もない。

二人が黙したままでいると、三度携帯が震えた。今度は支局ではなく、ミナトの若い社員だった。

「朝早くにすみません。一刻も早く来杉さんにはお知らせしたくて」若い社員は急《せ》き込むような口調だった。「例の土地、モール建設が白紙になります。早朝の緊急会議で、メセナの一環事業の取り組みに利用する決定がされたんです。まず土地全体を解毒改良する。そしてコアジサシの営巣地となりうる砂利場を残し、そこを立ち入り禁止とした上で土地全体を緑溢《あふ》れる公園に整備します。今日の午後に記者発表する予定です」

来年もコアジサシはこの場所で営巣するかもしれない。伊勢にとってはすべてがいい方に転がっている。

来杉は礼を言って電話を切り、伊勢に聞いたばかりの話を伝えた。

「それは良かった」

伊勢がほっと息を吐き、来杉は間髪を容《い》れずに会話を継ぐ。

「いつもこんなにうまく事が運ぶとは限りませんよ」

伊勢は口元を緩めたような、引き締めたような曖昧《あいまい》な表情を浮かべた。

「来杉さんは鳥の目を見つめた経験がありますか」

「え？」

「私は鳥の目を見つめていると、幼くして事故で亡くなった姪《めい》の目を思い出すんです。つぶらなのに力強い黒目を」

伊勢の声はこれまでになく深かった。

「時折、自分は何をやってるんだろう、自分は余りにも無力——そう痛感して、すべてを諦め、何もかもを放り出したくなります。そんな時にはいつも鳥の目を見て、姪を追想し、決意を新たにするんです。最後までやり遂げないといけない、もう後には引けないんだ、と」

「最後まで？　何をです？」

やおら伊勢は口を引き結び、その視線をコアジサシが羽を広げる埋立地に向けた。

伊勢にしか見えない景色がそこにあるかのようだった。

一歩

1

「相川《あいかわ》検事、やっぱりダメです。留守番電話です」

久保信也《くぼしんや》は静かに受話器を置いた。

そうですか、と相川晶子《しょうこ》の落ち着いた声音が返ってくる。淡々とした物言いながら、久保には相川の胸中が苦々しさで一杯なのだと読み取れた。丸い輪郭に穏やかな顔立ちとは相容れない翳《かげ》が、その体全体からも滲《にじ》んでいる。実際、久保もため息をつきたい。

久保は湊川地検特別刑事部で、相川の立会事務官を務めている。立会事務官とは検事とコンビを組み、聴取や資料精査などの事務全般を担う役回りだ。検事の心情を汲むのも大事な役目になる。

特別刑事部は福岡地検や札幌地検などの大規模な「A庁」に設置され、独自捜査や告訴の処理を担っている。東京地検や大阪地検での特捜部に相当する部署だ。法律書と証拠書類に囲まれた、この二十畳ほどの個室に日々二人で籠もり、L字に配置された机の短い一辺に久保が、長い一辺には相川が座っている。四十九歳の久保にとって相川は八歳も年下になる。自分が来年五十歳という節目を迎える事実が信じ難い。

午後七時半、相川の背後にある窓の外は薄闇に包まれていた。久保が今日五回目の電話をかけた相手は、湊川市内のクラブ「マリアージュ」のホステス、ヒカリこと望月《もちづき》あゆみだ。本日一時に来庁予定だった。昨日確認の連絡を入れた際、望月は『伺います』と応じている。それなのに姿を見せず、呼び出し音もなく留守番電話に繋がるばかりだった。

「突然、気が変わったんですかね」

相川がぼそりと呟《つぶや》き、肩まである黒髪を耳にかけた。

地検と関わりたくないという気持ちは、久保も理解できる。市民にとって地検は縁遠い存在だ。同じ捜査機関でも警察官とは運転免許証の更新や交番などで接する一方、検事や地検職員と触れる機会はまずないので、土壇場で怖くなっても不思議ではない。久保も何度か参考人に聴取をすっぽかされた経験がある。今回はその痛恨度合が格段に違う。

……相川のために、ひいては事件解決のために何としても話を聞きたい。かなり重要な参考人なのだ。

望月は、県一区選出の衆議院議員で現厚生労働大臣、吉村泰二へのヤミ献金疑惑に絡む参考人だった。吉村は、次の民自党党大会での総裁就任が確実だと昨夏から言われている。

大抵の検事はバッジ——国会議員のヤマを前にすると、目の色が変わる。特別刑事部長の鳥海《とりうみ》隼人《はやと》はその最たる例で、吉村立件に躍起になっている。特別刑事部では検事四人、副検事一人、事務官十人の、地検としては大掛かりな専任チームを作り、久保と相川も参加中だ。相川は鳥海らとは違い、冷静にこのヤマに臨んでいる。それでも期する思いはあるに違いない。一事務官に過ぎないこの自分にだってある。

特別刑事部は先月、吉村にヤミ献金したと目される社員五十人ほどの建設会社、マル湊《そう》建設をガサ入れした。その押収書類に、記号を使って裏金を生み出す計算式が書かれていたのだ。マル湊建設社長はそのメモの意味を認め、マリアージュの個室で望月ら二人のホステスの面前で、金を仕込んだ菓子折りを『陣中見舞い』と称して吉村側に渡した、と供述している。状況が出来過ぎているきらいもあるが、この証言をしっかり固められれば吉村本陣に切り込める。だが、現段階では吉村本陣に当たらない方がいい。証言を固める前での接触は相手に手の内を見せるのと同義で、対処法を練られてしまうからだ。吉村本陣とぶつからないで裏を取るには、望月らに訊《き》くしかない。明後日はもう一人のホステス、麗香《れいか》こと手塚由香利《てづかゆかり》を聴取する予定だ。

「参ったな」相川が肩をすくめる。「今日の会議が憂鬱になってきました」

「また押し出されないようにしないといけませんね」

鳥海は肥満体で、これと決めると猛進して自分に反する人間を排除するタイプだ。そのため特別刑事部では陰で、鳥海が誰かを退けることを相撲の決まり手になぞらえて『寄り切り』『押し出し』などと呼んでいる。

相川も一度、マル湊建設の女性社員の聴取から外された。相川はその女性がヤミ献金とは無関係だと突き止め、こうして再び参考人を聴取する役回りに戻っている。

久保はさっと立ち上がった。

「会議まではあと一時間ありますし、もう今日は別の突発事項を押しつけられもしないでしょうから、ひとっ走り望月さんのマンションに行ってきます。その間、電話番はお任せしますね」

久保は言うなり、鞄を肩にかけた。お願いします、と相川が素早く拝んでくる。検事に頼みにされるのは、事務官冥利《みょうり》に尽きる。

たとえ過去の自分が頼りない男だったとしても。いや、それゆえか。


地下鉄に乗り、地検から西に二駅離れた「新盛地《しんせいち》」と呼ばれるエリアに出た。戦前は映画館や芝居小屋がひしめいていたそうだ。現在は小さな飲食店や古い家、マンションが連なる下町で、数々の暴力団も事務所を構えている。

久保は大通りを過ぎ、二車線の市道沿いを五分ほど歩いた。目的地に到着すると、ひと気のない交差点からそれを眺めやった。望月が住む五階建てのマンションは、ワンフロア四部屋の小規模なものだ。

望月の部屋は三〇二。三階は一部屋だけ窓から灯りが漏れている。久保はエントランスに入り、オートロック扉前の共用インターホンに番号を打ち込んだ。チャイムが鳴るだけで応答はない。久保は三〇一から順に押し、三〇三号室の女性から部屋の位置関係を聞くと、いったん先ほどの交差点に戻った。

望月の部屋は真っ暗だ。久保は内心首を捻《ひね》った。どうも隣の部屋とは暗さの質が違う。よくよく目を凝らしていく。

そうか――。

久保は再びエントランスに駆け込み、三〇三号室の女性に質した。

「ああ、そういえば、お隣さん、昼間に荷物を運び出してましたよ。どこの引越し業者かって？　さあ、そんなの憶えてません」

久保は相川に報告を入れ、地下鉄で東に移動した。人で賑《にぎ》わうターミナル駅前の大通りから一本入り、足早に進んでいく。この裏通りにはクラブが何店も入る雑居ビルが連なっていて、そこにマリアージュもある。

久保は、マリアージュのママに望月が出勤しているか否かを質した。

「無断欠勤ですよ」ここぞとばかりにママが目を吊り上げる。「まったくもう、最近の若いコときたら」

適当に相槌を打ち、久保は唇を引き結んだ。否応なく、二十五年前を想起してしまう。あの時も、久保が聴取に立ち会う予定だったホステス、君島紗代《きみしまさよ》が忽然《こつぜん》と姿を消した。今でもその顔を鮮明に憶えている。

吉村泰二の先代、吉村正親《まさちか》の贈収賄疑惑を追う捜査だった。吉村家は三代続く代議士の家系だ。当時、久保はまだ事務官二年目の二十四歳だった。今なら、自分が重大捜査の一員に抜擢された経緯にも想像がつく。吉村の県政財界への影響力は絶大で、地検職員に吉村の細胞が紛《まぎ》れていても不思議ではない。職員となって二年目の若造なら吉村の手もまだ伸びていまい――と、当時の捜査主任に判断されたのだ。

吉村正親の捜査では君島紗代が行方をくらましたほか、捜査主任の妻が不可解な交通事故で亡くなり、途中で打ち切りになっている。

久保は十二年前も、特別刑事部による吉村泰二の捜査に加わった。やはり捜査は頓挫している。あの時も不可解な交通事故が起き、同じく捜査チームの一員だった事務官の妹一家が亡くなった。

件《くだん》の事務官は、吉村正親を洗った際の捜査主任の息子、伊勢雅行だ。伊勢は現在次席検事の懐刀と称され、湊川地検の総務課長を務めている。その伊勢とはもう約二十年の付き合いになる。伊勢が様々な業務を差配するさまと、四十代半ばにして真っ白な髪から、記者はいつしか彼を「白い主=シロヌシ」転じて『S』と呼ぶようになった。また、素行調査をするとの噂もあり、地検職員は伊勢と距離を置いて接している。

都合三回にわたる吉村家の捜査に携わった人間は自分しかいない。いつしか事務官の中でも最古参の部類になった。時間が経つのは早い。

そう。本当に早い。

2

翌日、久保は朝から電話で県内の引越し業者に当たった。望月の依頼を受けた業者はなく、部屋の管理会社も転居連絡を受けていなかった。次に午後一番でマリアージュのもう一人のホステス、手塚に明日の聴取の確認を兼ねて電話をかけたものの、留守電だった。どうも嫌な予感がする。その職業柄、寝ている可能性もあるが……。相川に現状を告げる。

「手塚さんは昨晩、マリアージュに出勤してたんですか」

久保はこくりと頷く。望月の出勤をママに尋ねた後、会話も交わした。

——ええ、伺います。

真っ白いドレス姿の手塚は快活に言っていた。

その後も久保は折を見て、手塚と望月とコンタクトをとろうと試みた。いずれも呼び出し音もなく留守電に繋がるばかりだった。

あっという間に七時半を迎えてしまった。

「こんな事態なのに恐縮ですが」と久保はやんわりと切り出す。「あらかじめ申し出ていた通り、そろそろ失礼します」

どんなに心苦しかろうと今日だけは、どうしても譲れない予定がある。

「あ、今日は何かご予定があるんでしたね」相川は重厚な執務机に肘をつき、細い指を組んで顎をのせた。「メモ、見つかったんですかね」

「一報がないので、まだでしょう」

メモ――マル湊建設から押収した、裏金を生み出す計算式が記号を使って書かれた物証だ。本日、その紛失が発覚した。目下、証拠保管係らが血眼《ちまなこ》になって探している。

「久保さんは、明々後日の会議までに発見されると思います？」

特別刑事部としては、マル湊建設社長を突破口にして吉村まで辿り着きたい。この段階で社長を政治資金規正法違反で逮捕・起訴するか否か、その方針を決める会議が検事正、次席、特刑部長、主任検事が出席して、明々後日の午後三時から開かれる。

「そうですねえ」久保はつるつるの顎をさすった。「伊勢君が指揮を執《と》るそうですよ」

久保は三日ほど髭《ひげ》を剃らなくても何の問題もない。体質的に髭も眉も薄いのだ。『なんだか公《く》家《げ》っぽいですね』とよく言われる。最初に指摘してきたのは、誰あろう伊勢だ。あれは何年前のことだったろう。

「それって返事になってないですよ」相川は苦笑した。「でも、こっちはこっちの心配をしないと」

「明日、再度電話を入れてみます」

「しまった、引き留めちゃいましたね。すみません。お疲れ様でした」

相川が中腰になって頭を下げ、早口で謝ってきた。……いい検事についた、と久保は心の底から思えた。指示を一方的に押しつけてくる検事も多いが、相川はその人間力が彼らとはまるで違う。だからこそ、初対面同然の参考人や被告人も相川には心を開くのだ。相川のためにも、自分の仕事は全うしたい。

久保も会釈を返して、相川検事室を後にした。

地下鉄で地検から東に三駅離れた湊川市の繁華街に出た。まずマリアージュに立ち寄ると、手塚は無断欠勤していた。その後、飲食店やファッションビルが並び、若者や会社員、ＯＬらで溢れる街を進み、久保は深夜まで営業する花屋で花束を買い、そのまま広い市道を北上していった。すれ違う女性たちがちらちらと訝《いぶか》しげな一瞥をくれてくる。毎年のことなので慣れてしまった。こうして花の匂いを間近に嗅ぐと、もう一年が経ったのかといつも思う。

やがて幅広の県道にぶつかった。付近の景色はだいぶ変わったが、この古い電柱だけは今でも残っている。

久保は電柱に手を当てた。夏でもひんやりと冷たい。

ほどなく腕時計の秒針が午後八時二分ちょうどを指した。久保はしゃがみこみ、その電柱の根本に花束をそっと置いた。眼を瞑《つむ》り、ゆっくりと手を合わせる。目の前を車が、背後では人がひっきりなしに行き交っていく。

三十三年前の今日のこの時間、ここで五人の男女が通り魔に襲われ、一人の女性が無残に刺殺された。もう誰も気にしていない。知らない人間だって多い。どんな事件だろうと、刻々と風化していく。

久保は今でも鮮明に記憶している。……その場にいたからだ。

*

その日、部活帰りの久保は、当時この付近にあったハンバーガー店のチーズバーガーが食べたくなり、いそいそと一人でやってきた。アメリカンサイズのハンバーガーを格安で食べられる、高校生の懐にも優しい店だった。通った高校は県下でも有数のスポーツ校で、久保が所属する空手部も全国大会の常連。幼い頃から空手を習っていた久保は、一年生にして組手団体のレギュラーを張っていた。その激しい稽古《けいこ》でくたくたになった心身もチーズバーガーを押し込むと、いくらか楽になるのだ。

この日も満足して、店を出た時だった。けたたましい女性の悲鳴が背後であがり、辺り一帯の空気をつんざいた。

久保が咄嗟《とっさ》に振り返ると、十メートルほど先で若い女性がどさっと倒れ込み、その傍にはナイフを持った中年男がいた。

中年男は血走った目で辺りを睥睨《へいげい》して、今度は初老の男に襲いかかった。街灯の光を反射させたナイフが、初老の男の肩に食い込んでいく。初老の男は苦痛に顔を歪ませ、足をもつれさせると、ぐったりとガードレールにもたれかかった。一瞬の静寂の後、堰《せき》を切ったように悲鳴があちこちであがり、会社員や若者らが我先にと逃げ出していった。

次の瞬間、久保は通り魔と目が合った。

金縛りにあったように足がすくみ、じんと手の指先まで痺《しび》れた。汗まみれの空手着を押し込んだ鞄が肩からずり落ちたが、それを直すこともできなかった。

通り魔は蔑《さげす》むような薄笑いを浮かべ、視線を久保から小さな子どもの手を引く母親に移した。その双眸《そうぼう》に明確な殺意が滲んでいるのを久保は感じた。母親は和服姿なので走って逃げられないらしい。

俺が助けないと――。久保は手足を動かそうとした。……動かない。俺は何のために小さい頃から空手をやってんだ？　得意の中段突きを鳩尾《みぞおち》にぶちこんだら、あんなオッサンくらいノックアウトできんだろ？　そんな威勢のいい啖呵《たんか》が突き上げてくる半面、奥歯がカタカタ鳴る音が耳に直接響いている。びびってんのかよ。久保は己に問いかけたものの、答えは返ってこない。

通り魔が小走りで母子に近づいていく。久保の体はなおも動かない。通り魔に追いつかれる寸前、和服の女性はその場で背中を丸め、子どもにがばっと覆い被さった。通り魔は容赦なくその背中に二度、三度とナイフを突き立てる。女性の叫び声で鼓膜が激しく震えるも、久保は瞬きを止め、息を呑むことしかできなかった。母子はそのままうつ伏せに力なく倒れた。

さらに通り魔はスーツ姿の中年会社員と若い女性に切りかかり、現場から走り去った。和服の女性はもうぴくりとも動かない。

久保は通り魔の姿が視界から消えると、その場に膝から崩れ落ちた。頭の中で声にならない絶叫をあげながら。

＊

二十五年前、伊勢の父親に吉村正親にまつわる人間関係をまとめた一枚のリストを手渡されると、久保はたちまち背筋に電流が走り、手が震えた。

吉村の元愛人　北原春江《きたはらはるえ》（クラブ経営、故人）、娘の小夏《こなつ》（現在十二歳）

通り魔発生の翌日、食い入るように新聞記事で見つめた名前と一致したのだ。自分の体が動かず、助けられなかった母子の名前と。

件の通り魔は翌日に逮捕された。結局、精神疾患と診断され、罪には問われなかった。新聞を見た瞬間は目を疑った。この体験がなければ、捜査機関の一員に加わろうとは考えもしなかっただろう。

あの通り魔は本当に判断力がなかったのか――。

蔑むような薄笑いに明確な意志を久保は見て取った。十六歳のごく一般的な少年が抱いた印象より、専門機関が下した分析結果の方が信頼されるのは理解できる。ただ、釈然としなかった。通り魔はあの母親だけを複数回刺している。事件当時、久保は警察に目撃した次第を証言していたので、思い切ってその刑事の一人に電話をかけた。すると刑事に、『警察は最終的には犯罪者の量刑や起訴するか否かを検察に委ねる』と言われ、久保は勢いに任せ、目撃者だと名乗って地検に問い合わせた。『捜査に関しては何もお答えできません』。にべもなくあしらわれるだけだった。……地検の見解を知りたい。けれど、自分には司法試験を突破できる頭はない。検事になれたとしても、湊川地検に配属されるとは限らない。そこで、事務官という職業を選んだ。

晴れて湊川地検の事務官となった年、空き時間に通り魔事件の記録を洗ってみた。通り一遍の記載があるだけで、本質的な疑問解明には至らなかった。なおかつ通り魔は事件の三年後、病死していた。

北原母娘に申し訳なく、これまでにいい女性とも出会ったが、結婚には至っていない。通り魔には判断能力があった、と解明できたとしても結婚はできなかっただろう。北原春江を助けられなかった自分には。

伊勢にだけは踏み出せなかった一歩と、結婚しない理由を話している。十二年前、吉村泰二の内偵班で一緒になった時に。あれは通夜のような捜査班の解散式からの帰り道だった。母と妹一家を亡くした伊勢が心に負った傷に寄り添おうと、吐露した面もある。伊勢は妹一家の事故後、一夜にして髪が真っ白になった。それまでは妹と姪に『白髪が目立ってきたから、黒く染めた方がいい』と助言され、実行していたが、事故の真相を炙《あぶ》り出すまでは染めないとこの時に腹を括《くく》ったそうだ。

――久保さんにそんな痛ましいご経験が……。

――娘さんだけでも無事だったのが、せめてもの慰めだよ。彼女はいまどこにいて何をしてるんだろうかと、ふと頭をよぎる時もあるし、できれば亡くなった北原春江さんに線香の一本でも手向けたい。けど、会わす顔がなくてさ。

伊勢は何かを言いかけたが、口を閉じていた。

しばらくそのまま無言で歩いていると、久保さん、と伊勢は遠い目をして呟いた。

——私は諦めません。

——僕も付き合うよ。

久保は言下に応じた。伊勢一家の悲劇に、久保はあの通り魔事件と同じ違和感を嗅ぎ取っていた。型通りに処理できるくらいに事件事故の体裁が調っていても、その裏側に得体の知れぬ漆黒が存在する気がしてならない。伊勢に付き合ったからといって、それが通り魔の犠牲者に対する償いにも追悼にもならないのはわきまえている。

もう土壇場で動けなくなるのはご免なのだ。自分から漆黒に踏み込めば、『いつ何時、何が起きるか定かでない』という心積もりができる。いざ緊急事態に直面した際、今度こそ体が動くはずだ。

そう信じたかった。

3

強い夏の陽射しで肌がひりひりと痛い。午後二時、久保は湊川市の繁華街から歩いて五分ほどの住宅地にいた。なるべく日陰を選んで進み、まだ真新しいワンルームマンションのエントランスに入った。

午前中に地検に来る予定だった手塚は、姿を見せなかった。何の音沙汰《おとさた》もない。そこで事由を明らかにするため、こうしてマンションを訪れたのだった。手塚から電話が入るかもしれず、相川は検事室で待機している。

共用インターホンで手塚の部屋番号を押す。応答はない。一昨日の望月同様、久保は別の住人に部屋の位置を聞き、マンションを出た。いささか離れ、二車線の県道越しにベランダが見える位置に立つ。

またもや窓にカーテンがない……。午前中に手塚の住民票を洗ったところ、この部屋には二年前から住んでいた。そんなに長い間、一人暮らしの女性がカーテンを取りつけないはずがない。

マンションの住民に聞き込むと、やはり昨日引っ越し作業をしていたと判明した。管理会社は転居かどうか把握していなかった。

久保は相川に急報を入れて、マリアージュのママの自宅へ転戦した。

二人の周辺を洗うべき――。相川の指示だ。久保も同感だった。行方《ゆくえ》をくらませた以上、何かを握っている。そしてそれを秘しておきたい人間……吉村側の意図が二人の行動に反映されているのではないのか。


そこは、タイル張りの瀟洒《しょうしゃ》なマンションだった。ママは広いリビングに通してくれ、久保はまず望月と手塚の交友関係を探った。

「さあ、プライベートはさっぱり知りません。話そうともしませんしね。お店であの二人と仲が良かったコですか？　ううん、心愛《ここあ》ちゃんかな」

久保は心愛の本名と住所を巧みに引き出し、話を継いだ。

「二人を指名する共通のお客さんはいますか」

「いらっしゃいますけど」化粧けのないママが顔を曇らせる。「お客さまにご迷惑がかかってしまうので」

「地検も捜査機関です。どっちみち、我々は突き止めますよ」

久保は大人しやかに、且つきっぱりと言い切り、ママの目を見据えた。

一秒、また一秒と沈黙の時が降り積もっていく。三十秒が過ぎ、一分が経った。とうとうその重さに耐えきれなくなったのか、ママが口を割る。

「湊川海運の朝倉《あさくら》部長です」

ママの自宅を後にした久保は、相川に朝倉の照会を頼んで心愛のマンションに急行した。

二時間後、久保は湊川市内のカフェで心愛といた。心愛によると、望月も手塚も『アフターで、朝倉とフィリピンパブに行った』と話していたそうだ。望月は四日前、手塚は三日前の出来事だった。

「よく何日前かまで憶えてますね」

「四日前は大事なお客さまが来る日だったし、三日前は直前に彼氏と別れ話をしたので、どちらも印象に残ってるんです」

「そのフィリピンパブの名前や場所はご存じですか」

「さあ。〝海っかわ〟にあるって言ってましたけど」

湊川市民はターミナル駅を境にして、その南側を〝海っかわ〟と呼んでいる。大型客船も停泊する湊川港が近いからだ。かたや駅北側は湊川山系の麓《ふもと》とあって〝山っかわ〟と呼ぶ。海っかわというだけでは絞り込めない。

「ママさんの日本語が流暢《りゅうちょう》なの、って二人とも驚いてました」

同じ店だろう。カフェを出ると、久保は相川に連絡を入れた。ひとしきり久保が報告した後、相川も首尾を語った。湊川海運の朝倉は今日から三ヵ月間の海外出張で、タンカーに乗り込んだのだという。朝倉は携帯電話を持っているだろうが、かけられない。直接ぶつけるべき質問だし、電話では適当に受け流されかねない。二人の素振りや会話内容も細かく聞きたい。

「そのフィリピンパブにも一応探りを入れたいですね。姿を消す直前なので、店での会話に手がかりがあるかも」相川は唸るように言った。「まずはどの店なのかを割らないと」

「ひとまず戻ります」

通話を切るなり、久保は一本の電話を新たに入れた。出ない。いつも通りだ。数分後、折り返しがかかってきた。受話器越しでも、向こうの背後には物音一つないのがわかる。事情を手早く説明する。

「……承知しました。海っかわは湊川中央署管轄です。彼らに当たってみます。その類の店にも網を張ってるでしょう」

伊勢は平坦な口調だった。伊勢は様々な人脈を有している。警察はそのうちの一つだ。

庁舎に急いで戻ると、久保は海っかわのフィリピンパブをインターネットや電話帳で洗い出した。十軒あった。伊勢が空振りに終われば、片っ端から探りを入れるしかない。

七時半、総務課の後輩事務官・三好正一《みよししょういち》に乞われ、食堂に出向いた。三好は年の離れた高校の後輩になるので、たびたび飲みにも出かけている。どうしたの？　久保が尋ねると、三好が心持ち身を乗り出してきた。

「八潮《やしお》検事の性格などを伺いたいな、と」

「なんでまた？」

「例のメモ紛失の件で明日東京に行って会うんですが、話したことがないので」

三好は面貌に疲労の色を滲ませた。

八潮英介《えいすけ》は東京地検に出張中の検事だ。久保は八潮と気が合い、何度かサシで飲みに行っている。三好の様子からしてその間柄を知らず、単に同じ特別刑事部にいる人間として聞いてきたようだ。久保は当たり障《さわ》りない返事をした。先入観を与えたくなかったのだ。

三好と別れると相川検事室に戻り、書類仕事をした。すぐ斜め前の検事席では、相川が調書や書類を難しい顔で読み込んでいる。

八時半、携帯電話が鳴った。

「フィリピンパブの場所が割れました」

伊勢が告げてくる店名と住所を、久保は手帳に手早くメモした。会議に出向く寸前の相川に断りを入れ、検事室を出ると、外はうだるような熱帯夜だった。

三十分後、久保は初めて足を踏み入れる一帯を歩いていた。実に無国籍なエリアだ。ベトナム料理店やパキスタン料理店といった飲食店のほか、台湾式マッサージや香港アカスリなど、けばけばしいネオン看板を掲げた怪しげな店も雑居ビルに軒を連ねている。ひと気はあまりない。

久保は額の汗をハンカチで拭《ぬぐ》った。

フィリピンパブ「美美《びび》」は二階建ての建物の一階にあり、多少離れた場所からでも目立っている。ピンク色のネオン看板が目に痛いほどだ。

急に電柱の陰からぬっと人影が出てきて、久保は思わず足を止めた。

伊勢だった。この蒸し暑さにも平然とし、顔には汗一滴かいていない。

「私もご一緒しますよ」

「例のメモ探しは？」

いくら三好に指示を出したとはいえ、伊勢も無駄な時間は過ごせない。

「大丈夫です。優秀な部下に任せてますので。それに例のバッジに絡む内偵なんですよね。久保さんだけに背負わせられません」

伊勢が言外に含ませた意味を、久保は噛み締めた。吉村の近辺を探ると、不可解な事件事故がたびたび起きる。伊勢ほどそれが身に染みている人間はいない。

「久保さんって見た目はまろやかな公家ですけど、中身は荒武者なので無理をしかねませんしね」

三十三年前、久保は自身に乱暴な振る舞いや言葉遣いを禁じた。それまでは近隣高校の不良学生たちとたびたび殴り合いもしたが、きっぱりと止めた。通り魔に怖じ気づいた自分が取っていい立ち居振る舞いではない。誰にも話していないこの内なる誓いまで、伊勢は見透かしているようだった。

久保は顔の前で手を左右に小さく振る。

「僕は五十に手がかかったオジサンだよ。無茶なんかしないさ」

「本当ですか？　人間の性根って、なかなか変わりませんよ。まあ、いずれにせよ」と伊勢が目配せする。「湊川中央署で妙な噂があります。ママが日本人なんじゃないのかと。顔立ちはエキゾチックでも、話しぶりが日本人さながらなんだそうです。他方、入国記録や就労ビザがあるので、日本で生まれ育ったフィリピン人という線もない」

「湊川中央署は洗ったのかな」

「就労ビザなどと照合した程度だそうです。売春やクスリといった犯罪と関わっている噂はないので。暴力団の影もありません」

仮に日本人がわざわざフィリピン人だと偽って入国してきたとすれば、売春などの犯罪の線が見えなくても何やらきな臭い。なにより吉村のヤミ献金疑惑の延長線上にのぼった店だ。伊勢が興味を引かれるのも当然か。

伊勢がママの基本情報を小声で述べていく。ジャスミン・ガルシア・サントス、二十四歳、未婚、二年前に来日。記録では、その母親は十年前に来日して、やはり湊川市内でフィリピンパブを経営し、娘と入れ替わる形で帰国している。本国の家族を養うため、一人は日本で稼ぐ形なのか。店の建物はジャスミン名義で、二階はホステスが着替えや休憩をする部屋だという。

久保が先頭に立って、ドアを開けた。むん、と香水と人いきれと異国のニオイが一緒くたになって押し寄せてくる。

オカエリナサイマセ。抑揚が日本人のそれとは異なる、若い女の声があちこちで上がり、久保はざっと店内を見回した。さほど広くない。カウンターが五席、大小のボックス席が三つ。空席は四人掛けの小さなボックス席だけだ。半袖シャツのボタンをだらしなく開けた会社員らが酒と色気に酔っている。ホステスは体の線を強調するドレスを着ていた。わざと一回り小さいサイズをまとっているらしい。

久保と伊勢は一人の若い女に片言の日本語で案内され、四人がけのボックス席に座った。二人とも東京から長期出張中の会社員だと偽り、ホステスと他愛ない話をしつつ濃い水割りをちびちび飲んでいると、新たな女がやってきた。

な……。久保は目を疑った。

「まだ若いけど、この店のママです。こんばんは」

ジャスミンの挨拶だった。

……似ている。二十五年前、吉村正親の捜査で当たる予定だったホステス、君島紗代と。いや、似ているなんてレベルじゃない。髪型こそ異なるが、濃い目鼻立ちは瓜二つだ。むろん同一人であるはずがない。君島紗代は当時二十七歳。今では五十を過ぎている。

「お客さんたちはどこから？」

ジャスミンの日本語は、本当に他のホステスとは如実に質が違った。

「東京から出張中なんだ」と久保は心中の戸惑いを押し殺して、いつも通りの柔和な語調で応じた。「ママ、日本語上手だね」

「よく言われます」

「日本育ち？」

「いやいや、フィリピーナですよ」

フィリピーナの発音は外国人のそれだった。

「じゃあ、二世？」

思わず放った自分の言葉に、久保はハッとした。ジャスミンの年齢は、君島紗代の娘に相応しい。瓜二つの見た目にも、流暢に日本語を話すのにも合点がいく。待て。伊勢が警察から仕入れた情報では、ジャスミンの母親はフィリピン人。いや、しかし――。

「うふふ、私のことなんてどうでもいいの」ジャスミンは自分の水割りを手早く作り、細いグラスを差し出してきた。「お近づきのしるしに」

伊勢と三人で乾杯の格好をとった。

「朝倉さんはよく来るの？」と久保は何気なく話題を振った。

「あら、お知り合い？」

ジャスミンがわざとらしいほど眉を開く。

「そう、ここを紹介してもらったんだ」

それはそれは、とジャスミンは殊更笑みを広げる。

「ついこの間、朝倉さん来たんでしょ。楽しんだって？」

ジャスミンは笑みを消さぬまま何も言わない。久保が言い重ねる。

「ヒカリちゃんと麗香ちゃんも一緒に来たんでしょ？」

ジャスミンの笑みがかすかに強張った。

ママ、早く戻ってきてよ、と奥のボックス席から甘ったるい男の声がして、ジャスミンは微笑を新たに浮かべ直した。

「お二人とも、どうぞごゆっくり」

しなを作った身のこなしが、わざとらしかった。

4

久保と伊勢は、十時過ぎに美美を出た。ジャスミンと二度目の接触はできず、ホステスからも望月あゆみと手塚由香利の消息の糸口は何も摑めなかった。

ターミナル駅を越え、二人は山っかわの居酒屋に入った。店内では会社員らが管を巻いている。幸い、周りに誰もいないカウンターの一番奥が空いており、そこに陣取った。こうして伊勢と酒を酌み交わす地検職員は、もう自分くらいだ。地検職員がこんな伊勢の姿を見たら驚くだろう。この十二年、伊勢の方も同僚と距離を置いている。

二人の生ビールがくると、久保から尋ねた。

「どう思った？」

「こちらが名前を出すと、彼女の表情に変化が出ました。何か知ってますよ」

職業柄、こういう場でも固有名詞は余り出さない。特に今回は吉村泰二の内偵に関わる内容だ。……伊勢も自分と同じ心証を得た。この感触は間違いないとみていい。

「ときに」と伊勢がジョッキを静かに置く。「久保さんも、何かお気づきだったようですね」

さすがにぬかりがない。伊勢はこちらの顔色も視野に捉えていたのだ。久保は、ジャスミンが二十五年前の吉村正親捜査の際に姿を消した君島紗代に瓜二つで、母娘だと思うほどだったと簡潔に話した。

「なるほど」伊勢が呟く。「バッジの父親はフィリピンにも顔が利きましたからね。彼は国際派と言われ、特に東南アジアに強かった。冷戦中も超党派議員団の団長として、共産陣営を含む東南アジア周遊に出てたほどです」

「君が仕入れた話だと、彼女の母親は外国籍だ。母娘という線はありえない。でも、なんだかこの線を捨てきれなくてね。他人であれほど似るとは思えないし、日本語の達者さも腑に落ちるから」

「では、母娘だと仮定してみましょう。二十五年前の女性は国籍も名前も変えたのに、どうして本人も娘も日本で店を経営しているんでしょうか。別人になったのは、日本人の自分を捨てたかったからでしょうに」

「さて」

そう言うしかなかった。想像するにも材料が足らない。久保はお通しのカニカマサラダを口に放り込んだ。

「あと、あの店に関してはもう一つ解《げ》せない点がある。君に割り出してもらう際にも伝えた、『日本語が流暢なママの店』というキーワード、あれを言った二人のホステスは、例のバッジ絡みで立て続けに姿を消したんだ。それも話を聞く直前にね。二人は聴取数日前にあの店を訪れてる。偶然にもほどがあるだろ?」

県警なら数千人単位の人員がいるので、二十四時間態勢の張り込みを敷ける。一方、湊川地検の職員はたった三百人。それぞれ大量の仕事を抱えており、応援は望めない。地検は捜査機関と言っても、聞き込みや張り込みには向かないと痛感する。

ジャスミンは何を知っているのか。探るにはどうすればいいのか。久保の頭にふっと一人の顔がよぎった。

「あの」と伊勢が顎を引く。「彼女を詳しく洗いましょうか」

「時間と労力を割けるのかい？」

「久保さんの要望とあれば、何とかします」

「君にするには、野暮な質問だったね」

久保はカニカマサラダをもう一口つまみ、冷たいビールで流し込む。伊勢が箸を丁寧に置いた。

「先ほどの最後の疑問点ですが、二人がバッジ側に相談したんでしょう。バッジ側なら二人を急遽匿《かくま》うくらい簡単にこなしますよ」

久保はジョッキを左右に軽く二度振る。

「その線は僕も考えた。でも、相談を受けて動く程度の危機認識だったら、バッジ側に立つと、こちらが何を探ろうとしているのか知るために、どちらかをあえて差し出すんじゃないだろうか」

「匿った前提で話を進めると、バッジ側としてはそれだけの要因――彼女らに話されたらマズイ内容があり、それが引き出されるリスクがあります」

「いや、いくら厳しく追及されたって、一日くらいなら何も言わずに耐えられるさ。もし暴力を振るわれたり、それに準ずるような扱いを受けたりすれば公判で違法聴取を主張して、供述内容を無効にできる。それこそ儲《もう》けものだよ」

「つまり」伊勢が思案顔になる。「情報が漏れている、と?」

「そう。彼女たちからバッジ側に相談したんじゃない。バッジ側は二人の聴取情報をキャッチして、彼女たちを隠した。地検の機密事項にタッチできる職員の中に、バッジ側の細胞がいる。違うかな」

「特刑の何人くらいが、彼女たちを聴取する件をご存じだったんですか」

「チームは全員知ってるよ。なにしろ捜査会議を毎日開いてるからね。東京に応援派遣されてる八潮検事も含まれる」

「身内の洗浄は大変ですよ」

伊勢は何度か経験した口ぶりだった。

「だろうね。だから別の方法をとるよ。Aに探りを入れてみるんだ」

A——地検職員の一部で通じる隠語だ。秋元《あきもと》法律事務所を表している。元裁判官のトップが約三十名の弁護士を率いる、県内最大の法律事務所だ。事務所から巣立った弁護士も多く、秋元一派として名を轟《とどろ》かせている。秋元一派が被告人側に立つと、求刑を大きく下回る判決——『問題判決』を引き出されるケースも多い。特に五年前は連発された。また、吉村泰二の内偵中に発生した不可解な事件事故でも、秋元法律事務所が相手弁護人だった。吉村と秋元には親交もある。

「Aなら、バッジが地検に送り込んでいる細胞も把握してると?」

「むしろ、Aがウチに送り込んでる細胞からの急報が、A経由でバッジに流れたんじゃないだろうか」

「誰と接触する気なんですか」

「菊池《きくち》君」

伊勢は眉ひとつ動かさなかった。

ここ数年、日増しに伊勢の神経は図太くなっている。五年前、秋元法律事務所に問題判決を連発された際、伊勢は地検から情報が漏れていると睨んだ。秋元の細胞を突き止めろ、と伊勢が命じた職員こそ菊池亮《りょう》だ。その菊池は期限内に明らかにできず、地検支部に異動した。以後、劇的に問題判決は減り、菊池は地検を辞め、秋元法律事務所に入っている。先刻久保の頭に浮かんだ顔は、この菊池だった。

「連絡先をご存じなんですか」

「携帯電話番号は変わってないだろうから」

「会えますかね。あまり無理はしない方が」

「らしくないよ」久保は微笑《ほほえ》みかける。「君こそ、この一年かなり無理してるじゃないか。今が勝負時だと踏んでるんだろ?」

このところ、伊勢は吉村の周辺縁者の逮捕起訴に躍起になっている。そろそろ相手も伊勢の存在に勘づく頃合いだ。

伊勢は何も言わず、ビールジョッキを傾けた。久保は小さく頷きかける。

「これは伊勢君のためだけじゃない。僕のためでもあるんだよ」

久保の胸裏には今でも高校生だった頃の自分がいる。通り魔に恐怖して、一人の女性を見殺しにしてしまった自分が——。

今さら何をしようと取り戻せる失態ではない。だからこそ、目の前の仕事や任務くらいはきちんと遂行したい。

ましてや、今回は吉村にまつわるのだ。

5

翌日の午前中、久保は相川とブツ読みに励んだ。何度か望月と手塚に電話を入れていると、ついに『おかけになった番号は現在使われておりません』という無機質な応答が返ってきた。

昼休み、久保は地下鉄に乗り、一駅離れた県民公園にやってきた。公園の敷地は野球場なら四面はとれるほど広く、そこに常緑樹、広葉樹をはじめ、アジサイやツツジなどの低木が計画的に植えられている。

久保はコンビニで買ったサンドイッチと缶コーヒーを入れたビニール袋を手に、二台並んだベンチに座った。ベンチはちょうど木陰にあり、正面には噴水が見える。この暑さだ。余りひと気はなく、ここまで誰とも出会わなかった。足元では数羽の鳩《はと》が丸まっている。

五分後、隣のベンチに男が座った。

「お久しぶりです」

菊池はこちらを見ずにぼそりと言った。最後に顔を見てから五年が経ち、菊池ももう四十歳。シャープな顔立ちは何も変わっていない。

「元気そうだね」

「まあ、なんとか」

足元から鳩が一羽飛び立っていく。

「で、どうしたんですか。話は会った時にと仰ってましたが」

「菊池君に聞きたい件があってね」

「私は今、秋元にいるんですよ。いわば地検の敵です」

「むろん心得てるさ。君にかなり貸しがあるのを思い出してね。君もそう自覚しているから、こうして出てきたんだろ」

菊池は入庁三年目に久保がいた公判部に配属された。湊川地検公判部は毎日約百件もの公判を扱い、事務官は日々その準備に追われる。あの頃の菊池は、検事が量刑などで方針を立てても、それが違うと見れば臆せずに意見を述べ、一つ一つの公判が全うされるよう邁進《まいしん》していた。そのため、仕事が追いつかずに久保はかなり手助けをした。そんな菊池なら転職していたって、連絡先が変われればその旨を告げてくると読んで、昨晩電話してみると、案の定しっかりと通じた。この場所を指定してきたのは菊池だ。『あそこなら、夏の真っ昼間はあまり人がいないので』と言って。

「ま、否定はしません」

「君は義理堅いから」

公判部時代、同僚事務官が検事に書類の不備を詰め寄られた際、菊池が即座に『急遽、俺が引き継いだんです』と申し出た時がある。同僚は気が弱い上に妊娠中で、件の検事は相手が誰だろうと弱みをなぶる性質だった。菊池は同僚の代わりに一身に怒号を浴びた。久保は、菊池が当該案件に関わっていないのを知っていたので、検事が部屋を立ち去った後、どうして身代わりになったのかを尋ねた。『以前、彼女にコーヒーを奢ってもらったんです』。菊池は涼しい顔でさらりと言い、久保以外の同僚には『烈火のごとく怒る人間に反抗する時の、あの緊張感がたまらないんで』と嘯いていた。

二人は互いに正面の噴水に視線を据えたまま、話を進めていく。

「ウチにそっちの細胞がいるでしょ」

ずばり久保は切り込んだ。遠回しに聞いても仕方がない。菊池から返事はない。噴水の水滴が豊富な陽射しを浴びてきらきらと輝いていた。

「ウチは情報をかなり吸い上げられてるよね」

菊池はなおも黙している。雄弁な沈黙だった。知らないのなら、そう一蹴すればいい。誤魔化すなら適当に煙に巻けばいい。こうして会うのを承諾した点も含め、応対に菊池の人柄が滲んでいる。

「美美ってフィリピンパブを知ってるかい」

ジジッとセミが一声鳴いた。

「今日は、全国的に天気がいいとか」

菊池が唐突に言った。数秒の間があり、菊池が続ける。

「東京もしばらく天気がいいみたいです。ゲリラ豪雨なんかはあるかもしれませんけどね。実は明日から東京出張なんです」

菊池が顔を向けてきた気配があり、久保も横を向く。目が合った。

「久保さん」菊池の声が重々しくなった。「秋元の事務員としてではなく、一人の知人として申し上げます」

「なんだい？」

「気をつけて下さい」

菊池の目つきが鋭くなる。もうじき真夏だと実感させる熱風が二人の間を吹き抜けていき、すっくと菊池が立ち上がった。

「もう一時も気を緩めない方がいいですよ」

「どう解釈すればいいのかな」

「文字通りです」菊池は浅くお辞儀をしてきた。「この辺で失礼します」

脅し文句か、警告か、はたまた単純な忠告か。久保には判断がつかなかった。

菊池が立ち去っても、しばらくベンチに座ったままでいた。すると幼い女児と、その手を引いた若い母親がゆったりとした足取りでやってきた。女児が急に母親の手を振り切って、噴水に飛び込んでいく。母親は女児のはしゃぐ姿を見て、仕方ないといった調子で笑みを浮かべた。

久保は激しく胸を衝かれた。通り魔の犠牲になった母子も当時、こんな何気ない光景の一部になっていたのだろう。


夜の捜査会議を終えた相川に挨拶し、久保は地検を出た。相川によると、渦中のメモはまだ発見されていないそうだ。

昼間、菊池が突然持ち出した天気の話題――。久保は引っかかり続けていた。何か含意があるのではないのか。あれは菊池が口から出せる精一杯の表現だったのでは？　キーワードになるとすれば『東京』か？　東京出身者、あるいは東京にゆかりがある者？　東京地検に応援出張中の八潮もいる。鞄に入れた手帳には、今日の日付に『東京？』とだけ書き込んだ。備忘のためではない。自分の心に一層深く刻み込むためだ。

久保は奥歯を嚙み締めた。勢い込んでぶつかってみたものの、菊池からは何も得られなかった。こうなると、美美のジャスミンから手がかりを引き出すしかない。

……が、ジャスミンは出勤していなかった。常連と思しき男がカウンターで、ホステスに絡んでいる。

『ママまで変わっちゃうの？』

『イエ、アシタハクル』

ママまで変わる？　美美のホステスはよく変わる、と解していいのか？　久保はフィリピンパブにも一般的なクラブにも足を向けない。こういう夜の店でどの程度ホステスが入れ替わるのか、その筋の知識がない。久保は常連に話しかけてみた。

「そうなんだよ。ここ、結構入れ替わりが激しいんだ。たまに日本語がうまいコが入ったと思ったら、すぐいなくなっちゃうしさ」

どうも普通ではないらしい。そこから読み取れる事由はないのか。

久保たちの会話が聞こえていたのか、カウンターの奥から別の常連と思しき客も声をあげた。

「ここにいたコを東京で見かけたって話もあるぜ」

へえ、と最初に久保が話しかけた男が唸るように言った。

午前零時まで粘ったが、ジャスミンは顔を見せなかった。店を出て路地を歩いていると、不意に首の裏がぞわっとし、久保はすかさず振り向いた。

誰もおらず、路地にはネオン看板が輝いているだけだった。

6

午後六時。三時間前に始まったマル湊建設社長を逮捕、起訴するか否かを巡る会議は延々と続いている。相川検事室には何の連絡もない。久保は電話が鳴るのを待ち、相川は両手で頬杖をつき、黙然と前を見据えていた。会議の様相は知る由もない。メモはどうなったのか。おまけに、三時過ぎに地検に届いた夕刊もある。報日新聞が湊川市助役逮捕の特ダネを報じた。相川が急いでそれを会議室に知らせに行くと、鳥海は顔を真っ赤にして、『容疑者は吉村に繋がる立場だぞ。ウチの事件にもかかわりかねず、邪魔になる』と次席の本上博史《ほんじょうひろし》を問い質したそうだ。

かたや本上は落ち着き払った態度で切り返したという。

――確かに刑事部が相談を受けていたし、私も報告されてたが、まだ県警マターなんだ。相手が鳥海や特別刑事部でも、口に出せるわけないだろ。

本上との間柄からして、伊勢も知っていたのだろう。その伊勢に内線をかけると不在だった。別の総務課員によると、三好と会議室脇の小部屋に待機しているそうだ。

今日分のブツ読みは三十分前に終わり、特に収穫はなかった。手持無沙汰なので、電話が鳴るのを待ちながら久保は思考を練っていた。

もうマリアージュのホステス二人には話を聞けないのか。彼女たちはどこに消えたのか。ジャスミンは何を知っている？　何もかもが見えそうで見えない。ここはもう一度、最初からあらましを振り返ってみるか。しかし最初といっても、それは消えたマリアージュのホステスか、二十五年前の君島紗代なのか。

あ――。

久保は体の芯が引き締まった。会議がいつ終わるのか定かでない。なるべく早くはっきりさせたい。

「検事、今のうちに例のフィリピンパブを探りに行きたいのですが」

「そうですね」相川は目だけを動かした。「このまま二人でぼんやり待ってるのも馬鹿らしいし。何か摑めそうですか」

「今度こそ摑んできます」

美美のけばけばしいピンク色の看板が夕闇に煌々と灯っていた。ドアを開ける。良かった、客はまだ誰もいない。

オカエリナサイマセ。今日もホステスたちのたどたどしい日本語があちこちであがり、店の奥にいたジャスミンと目が合った。ジャスミンは口元では笑っているが、目の表情はまるで違う。完全に訝っている。

「ママ、少し一緒にお酒を飲みませんか」

ジャスミンの頰がやや引き攣《つ》ったように、久保には見えた。

「どうぞ、こちらに」

奥のボックス席で相対した。他のホステスに会話を聞かれないためなのか、ジャスミンはBGMの音量を上げるよう指示した。早速、陽気な音楽がかなりの音量で流れ出す。

ジャスミンは慣れた手つきで二杯の水割りを作った。久保は一息にその半分を飲み、ジャスミンの目を見つめる。

ママ、と呼びかけ、腹に力を入れる。

「あなたは君島紗代さんの娘ですね」

ジャスミンの顔つきが明らかに引き締まった。

「君島さんは二十五年前、フィリピンに行き、暮らし始めた。あなたはそのフィリピンで生まれた。そこで君島紗代さんに日本語を教えられた。いや、教えるというより日本語で会話していた。だから流暢に話せるのでしょう」

ジャスミンは何も言わない。挑戦的な眼差しで、こちらをじっと見るだけだ。否定しないのは肯定だ、と久保は判断した。

では、なぜ国籍も名前も変えた君島紗代は日本に、それも湊川市に店を開き、娘が後を継いでいるのか。

「君島紗代さんはまだ吉村家と関わりがあるんですね。この店はいわば吉村家のためにあり、あなたはその役割をお母様から受け継いだ。お母様は、かつて自分の身元を洗浄した。戸籍上、フィリピン人として十年前に来日し、あなたと入れ替わる形で帰国されている。戸籍は向こうで買ったのか、何者かに与えられたのか」

「あなたは誰？　本当に出張中の会社員ですか。ひょっとして警察？」

「いえ、湊川地検の職員です」

ジャスミンは地検に馴染みがないのか、わずかに緊張を解いた。

「私はここで商売してるだけです」

久保はテーブルに両手を乗せ、指を組んだ。

「吉村家にとって捜査機関に話を聞かれるとマズイ人間がいるとします。この店が中継地点となって渡りをつけ、その人間を海外に密航させる。密航には湊川海運が深く関与している。そしてほとぼりが冷めた頃、その人物は日本に戻ってくるんです。そしてこの店でまずはホステスとして働き、東京などに消える。吉村家の力を鑑《かんが》みると、海外での身元や生活なんてどうにでもなります。ルートさえあれば、精巧な偽造パスポートくらい容易に手に入る世の中です。日本でだって作れる」

消えたマリアージュのホステス二人を湊川海運の朝倉が店に連れてきた点と、昨晩の常連客との会話から想像の線を延ばして、そう導き出せた。

「今の話、無理がありますよ」ジャスミンは口元を緩めた。「誰にだって家族や友人がいます。人間関係があるじゃないですか。Aという人が自分にとって都合の悪い理由でBという人を海外に隠そうとしたって、普通は無理です。たとえ力ずくで連れ出そうとしても、SNSとか携帯電話なんかで助けを求められれば、アウトです」

「だからこの店があるんですよ」

久保は数秒の間を置く。

「あなたやお母様の役目です。あるいは度々この店に現れる日本語が流暢なホステス——海外に雲隠れした本当は日本人の。あなたたちは日本に戻って来られる、と説得するんです。おそらく海外では贅沢な暮らしもできるのでしょう。一年かそこらなら日本を離れてもいいか、と留学気分で納得させるんです」

「捜査機関って、そんな短期間で諦めるんですか」

「東京や大阪などに偽名で部屋を借りられると、たとえ本名で生活していても、なかなか見つけ出せません」

加えて地検の場合、検事は大方二年で異動する。独自捜査を二年以上継続するのは特捜部でもない限り、難しい。こんな事情、吉村側は秋元法律事務所を通じて百も承知だろう。

ううん、とジャスミンが小首を傾げる。

「やっぱり無理ですよ。十数年前ならともかく、今は海外にいる相手とも色んなツールで繋がり合える時代です。捜査機関なら姿を消した人の周辺に網を張るでしょ？　簡単に引っかかりますよ」

「誰とも連絡を取らない、SNSにもあげない、と同意させるだけの待遇を与えればいい」

「こっそりやった場合は？」

「さあ。その人物が厳しい現実に直面するのは間違いないんでしょう」

消すのも厭《いと》わないのだ。三十三年前の通り魔事件がある。あの時の犠牲者、北原春江は娘がいたため、肯《がえ》んじなかったのだと推察できる。あるいはこの犠牲をきっかけに生まれた仕組みなのか。いつから吉村家がこうした仕組みを講じたのかは定かではない。

「数日前、望月あゆみと手塚由香利という二人のホステスが相次いで湊川海運の朝倉氏に連れられて来ましたよね。あなたは二人を懐柔した、もしくは説明して二人は納得したんでしょう」

「一ついいですか。どうして母と私が吉村という日本人のために、そこまでしなきゃいけないんですか」

「お母様は吉村正親の愛人だった。今も吉村家のために働いていると仮定すれば、腑に落ちます。正親の跡を継いだ泰二は養子です。あなたと彼は異母兄妹に当たるのでしょう。しかもあなたは実子だ」

「だとすると、私は父親と義兄に人生を翻弄《ほんろう》されている、とも言えますね」

「翻弄されていると認識しつつも役割を果たしてるのなら、それ相応のメリットがあるんでしょう」

「すみません。今晩お酒を飲み過ぎたせいで、なんだか気持ちが悪くなってきました。ちょっと席を外します」

ジャスミンは席を立ち、店の奥にある部屋に消えた。客は誰も来ない。他のホステスも近寄ってこず、久保は一人で水割りを飲んだ。

五分後、ジャスミンは戻ってきた。

「失礼しました。まだ話はありますか」

「私が申し上げた内容について、地検に来庁し、真相を語って下さい。それが難しいのなら、この場で私の話が合っているかどうかだけでも聞かせて下さい」

「警察じゃないのに、なんでそんなことを言うんですか」

地検も捜査機関です――。そう告げる前に言葉が腹の底から湧き出てきた。

「三十三年前に亡くなった女性のためです。彼女は通り魔に殺された。私はその女性の近くにいたのに、ただ見てるだけで何もできなかったんです。彼女も吉村正親の愛人だった」

たちまちジャスミンの瞳の気配が変わった。あたかも怪我《けが》をした動物を憐《あわ》れむような目つきに。

「……私は何も知りません」

「そうですか」

久保は半分残った水割りを一気に飲み干した。初めて咽喉の渇きに気づいた。緊張していたのか。

「せっかくですから、もう一杯いかがです？」

ジャスミンに言われ、久保はグラスを差し出した。

久保は無言のジャスミンと、十五分かけて二杯目の水割りを飲んだ。


店を出ると陽がすっかり落ちていた。そこかしこでネオン看板が目に眩しい光を放っている。まだ時間帯が早いのか、路地にひと気はない。

結局、空振りだった。いや。今後のジャスミンの動静如何《いかん》によっては、真相を手繰《たぐ》り寄せられる。事務官をジャスミンに張りつけておいた方がいいだろうか。相川に早急に提案すべきか？

唐突に、首の裏がぞわっとした。昨晩と同じだ。久保は足を止め、素早く振り返った。

二人の男がいる。ともに半袖シャツ姿で表情はなく、その手には鈍く光る得物を持っていた。

久保の腹の底は、すぅっと冷えた。そうか。ジャスミンはこの局面に至るのを知っていた。席を外した際に吉村側に急報して、時間稼ぎに水割りを勧めてきたのだ。だから今しがた、憐れむような目つきになった。……この状況は、ジャスミンにぶつけた内容が的を射ていると示している。ジャスミンは地検の仕事を知っていた。緊張を解いたように見えたのは、まやかし。大した演技力だ。

その時、またしても首の裏がぞわっとした。

反射的に逆側に顔を向けると、別の男が二人いる。随分念を入れられたものだ。どう切り抜ける？　大声でも上げるか。携帯電話で通報するか。逡巡は一瞬だった。

久保はハァッと腹から息を吐き、両拳を軽く握った。

大丈夫だ。動く。

両側が視界に入るよう横向きになった。左右から男たちが近寄ってくる。

久保は右に向き直り、大きく一歩を踏み出した。三十三年前は恐怖で踏み出せなかった一歩を、ようやく。

拳を構え、久保はさらにもう一歩前に進んだ。血がふつふつと滾《たぎ》り、体の奥底が熱っぽくなってくる。久しく忘れていた感覚だった。

久保は正面の二人に向け、駆け出した。

獣の心

1

「バカ野郎、手なんか合わせてんじゃねえッ。まだ生きてんだよッ」

熊谷《くまがい》修《おさむ》は食らいつかんばかりに怒鳴りつけた。

しゃがみこんでいた湊川中央署の若手鑑識課員が急いで手を解《ほど》き、慌てて立ち上がった。まだ新しい血だまりが残る路面には、人型がチョークで縁どられている。

熊谷はぎろりと鑑識課員を睨みつけた。

「てめえ、ウチの人間をそんなに殺したいのかよ」

いえ、そんな……。か細い声を発した鑑識課員の顔が青くなる。

「検事、その辺で」

住吉健一郎《すみよしけんいちろう》が小声で制してきた。熊谷とコンビを組む立会事務官だ。『私の役目は検事のブレーキ役です』。常々そう自任している。歳は熊谷の一個下で、湊川で生まれ育ち、体が丈夫で頭の回転も速い。大学時代は映画研究会に所属し、メガホンを取ったという。

「ったく、縁起でもねえ真似しやがって」

熊谷は言い捨てると、小さく舌打ちして、額の汗を荒っぽく手の甲でぬぐった。額だけでなく、脇や背中にも汗が滲み出てくる。忌々しいほど蒸し暑い夜だ。

熊谷は今年四月から湊川地検刑事部で本部係検事を務めている。警察が捜査本部を立てるような殺人や強盗殺人事件――本部事件が発生した際、初動から捜査に加わる役職だ。事件現場に行ったり、検視や司法解剖にも立ち会ったりする。全国の地検に必ず存在し、刑事部の筆頭ヒラ検事や一目置かれているベテランがその重責を担う。

本部事件が発生すると即座に警察の担当者から電話が入るため、携帯電話は休日だろうと夜中だろうと手放せない。寝る時は枕元に置き、風呂に入る時も脱衣所まで持っていく。二十四時間勤務中だと言え、肉体的にも精神的にもきつく、誰もが敬遠する役目だが、自分は適任者だろう。熊谷は四十四歳となった今でも、高校時代にラグビーでみっちり鍛えた体力と精神力には自信がある。我ながらがっしりしたこの体と、強面も役立つ。県警の猛者連中にもなめられない。それに今年三月まで所属した東京地検特捜部での激務の日々に比べれば、まだマシだ。

今日はまさに帰宅しようとした十五分前、県警捜査一課の担当者から急報が入った。

――湊川中央署管内で血まみれの男性が発見されました。

被害者は意識不明の重体とはいえ、現今生きており、まだ捜査本部――帳場が立つ予定もなかった。

――本部事件ではない段階で、なぜこっちに連絡を？

――被害者がそちらの事務官さんなんです。

熊谷は目を凝らして、現場を見渡した。狭い路地だ。辺りには台湾式マッサージや香港アカスリなど、いかがわしい店のネオン看板がけばけばしく輝いている。

被害者は久保信也、四十九歳。湊川地検特別刑事部で相川晶子検事の立会事務官を務めている。両腕にはいくつもの切り傷、いわゆる防御創があり、腹部には三ヵ所の刺し傷を負っていた。その一ヵ所は内臓が傷つくほどの深い傷で、かなりの出血もあった。

熊谷は久保と面識がない。現場に来る途中、住吉にどんな男なのかを聞いた。

――風貌や穏やかな性格から『公家』みたいって言われてますけど、実は芯があって、事務官仲間の人望は厚いです。

――誰かに恨まれるような奴じゃねえんだな。

――ええ。ただ、私たちは逆恨みもされる職業ですから。

――現場は、どんな土地柄だ？

――私が学生の頃は寂《さび》れてました。今は多国籍な一帯みたいです。

湊川中央署の刑事課長が、神妙な面持ちで近寄ってきた。

「さっきはウチの鑑識が申し訳ありませんでした」

「こっちこそ別組織の人間を怒鳴るなんて失礼した」

「いえ、軽率な振る舞いでしたので。それにしても、検事は噂に違わぬ方ですね」

「噂？」

「刑事より刑事らしい、と本部の管理官が申してました」

県警捜査一課の管理官とはこの数ヵ月、事件現場で何度も顔を合わせている。管理官が捜査本部を実質仕切っているからだ。

熊谷は前任の東京地検特捜部をはじめ、これまで赴任した全国各地の地検でも『刑事より刑事らしい』という言葉を何度となくかけられた。とある県警幹部には『ウチに入ってりゃ、ゆくゆくは刑事部長は確実だったのにな』と真剣に惜しまれたほどだ。どうしてそう思うのかを尋ねると、県警幹部は言った。

——是が非でも相手をぶっ倒すって気構えを感じるからだよ。

熊谷は目の前の湊川中央署刑事課長を見据えた。

「で、目撃者はいんのか」

「鋭意捜査中です。この時間、この辺りはひと通りが少ないので」

時刻は午後八時半。血まみれの久保は約三十分前に発見された。フィリピンパブに来店しようとした常連客が通報している。

「ここが賑わうのは夜中でしてね。アカスリだの台湾式マッサージだのに欲求不満の男どもが群がってくるんです」

「違法風俗か。刑事課の管轄じゃねえけど、署として取り締まらねえのか」

「小さい羽虫の大群を手で追い払うようなもんですよ」

「まあ、そうだな。凶器は見つかったのかい」

「いえ。鑑識の見立てでは何種類かのナイフや包丁だろうと」

複数犯か。

「物盗りの線は？」

「ありえます。金が抜き取られた財布が近くのゴミ捨て場で見つかってます。カードや免許証はそのままでした」

「待てよ。この辺は普段ひと通りがねえんだよな。金を奪いたいんなら、他にいい場所があるだろうに。なぜここなんだ？」

湊川市内では一晩で十数件のひったくり事件や恐喝事件が起きている。どうせ危険を冒すのなら、もっといい実入りが見込める場所もある。

「だからこそ、この辺りで網を張っていたとも考えられます」

「なるほど、ひと目を気にしたって線だな。他にガイシャの所持品は？」

警察は捜査のプロで、熊谷も彼らの実力を信頼している。ただし、こうして検事が事件発生直後から捜査に加わる意義はある。犯人を早々に逮捕するだけでは事件は終わらない。公判できちんと罪に問わねばならないのだ。本部係検事は法律のプロとして、しっかり公判を維持でき、適正な罪に問うための証拠集めなどを指示しないといけない。

「ガイシャが倒れていた付近に手帳が落ちてました」

「ほう、見せてくれ」

この場所を訪れた理由が書かれている可能性もある。

こちらに、と刑事課長が歩き出し、熊谷と住吉は後に続いた。

三人は、捜査の拠点となっているブルーシートのテントに入った。長テーブルが二台置かれ、その上に透明ビニール袋に入った黒革の手帳がある。熊谷はビニール手袋をつけ、慎重に手帳を開いた。

今日の予定は空白。昨日の欄に『東京？』と書き込みがある。静かに捲《めく》っていくと、横罫線だけのメモ帳の一枚が破られていた。

熊谷は手帳を戻して、長テーブルの上をざっと見た。他に目ぼしい所持品や物証はない。

「こう物証が少ないと、怨恨《えんこん》で襲ってきたにしろ単なる通り魔にしろ、目撃者《モク》が鍵を握りそうだな」

熊谷がぼそりと言うと、刑事課長の顔がかすかに曇った。

「ええ。ただ、この辺りは言葉がなかなか通じないので、手間どってます」

「警察は何とかする組織だと信じてるよ。こっちでも久保の行動を聞いておく」

そうはいっても、久保は特別刑事部の事務官だ。独自案件の捜査でこの場所を訪れていたとすれば、警察には明かせない。その場合、自分たちだけで何とかするしかない。熊谷は顎をぐっと引いた。

テントを出ると、ポーカーフェイスの男が熊谷の目に入った。身じろぎもせず、規制線の外で鑑識の動きを見守っている。

湊川地検総務課長の伊勢雅行だ。あの男は次席検事の懐刀と呼ばれて、地検の人事なども差配している。熊谷はこれまで話したことはないが、顔くらいは知っている。

「課長、あいつにも一報を入れたのか」

熊谷は親指を振り、伊勢を示した。

「いえ、私は」

刑事課長が語尾を濁《にご》した。自分ではなく別の人間がやった、との示唆か。伊勢なら地元警察にも人脈があるはず。熊谷は咎める気はなかった。伊勢としても、己が仕切る組織の一員が被害に遭ったのだ。気になるだろう。

心なしか、伊勢の顔は青かった。

十時過ぎ、事件現場から地検に戻ると相川検事室に向かった。検事室に入るなり、さすがだな、と熊谷は感心した。

相川は引き締まった面構えで背筋を伸ばし、凛《りん》とした印象を崩していない。それがかえって心細さを滲み出させているようにも見える。

室内の空気は沈んでいた。無理もない。検事にとってコンビを組む立会事務官の存在は大きい。それがいきなり消えたのだ。

「病院から容態変化の連絡はあったか」

自分が現場に出ている間、病院から地検にかかってくる電話は相川に回すよう手配していた。

「いえ」相川は平板な声だった。「久保さんは独身なので、伊勢さんが病院に総務課員を張りつかせているとは聞きましたが」

そうかい、と熊谷は執務机の前に立った。

「なぜ久保があの場所に行ったのか心当たりは？」

「現在進行中の独自案件の絡みです」

犯人の目星がつくかもしれない。

「どんな事件だ」

「部長に訊いてから、来て下さい」

相川は言下にいった。面つきにも声音にも愛想の欠片もない、官僚チックな返答だが、独自案件なら仕方あるまい。自分が相川の立場なら、同じ対応をしただろう。熊谷は相川検事室を出ると、その足で特別刑事部長室に赴いた。

部長の鳥海はすでに帰宅していた。

2

翌朝、熊谷は六時に出勤した。新聞各紙に久保の事件がどう報じられているかを確かめるため、早めに出てきたのだ。すでに住吉も検事室にいる。

地元紙だけが久保の事件を社会面で報じ、全国紙は地域版で小さく掲載するだけだった。いずれの記事にも『警察は強盗や通り魔、あるいは怨恨などによる顔見知りの犯行の両面で捜査している』とある。幾分詳しく掲載されていた地元紙をそのまま読み進めていく。経済面に景気のいい話題があった。

ミナト　ベトナムに大型モール建設

ミナトは湊川市に本社を置く、小売業の大手だ。十数年前から全国に巨大ショッピングモールを建設し、最近は中国や韓国など海外にも進出している。記事によると今回のベトナム第三の都市ダナンでの建設を手始めに、東南アジア各地にショッピングモールを展開する意向だそうだ。

ミナトの会長は「ダナンは周辺町村の住民にとって働きに出る街。その受け皿になりたい」と話している。

「金がある企業は違うな」

熊谷が呟くと、住吉が中腰になって新聞を覗き込んできた。

「日本中にミナトのモールがあるように、そのうち世界中がミナトだらけになるんじゃないですか。まだ儲けたいんですかね。金は有り余ってるだろうに」

湊川地検関係者ならミナトと聞けば、地元選出の代議士・吉村泰二に多額の献金をしている事実がまず呼び起こされる。

「夢海岸の件があるからな。『いいニュースを流して少しでも悪い印象を薄めよう』って魂胆が見え見えだ」

報日新聞が昨日の夕刊で、基準を大きく上回る有害物質が検出された土地を巡っての、湊川市助役とミナト幹部との贈収賄事件を報じている。今朝の朝刊社会面は各紙、それ一色だった。

八時半、熊谷は特別刑事部長室に鳥海を訪ねた。

「バカ野郎ッ、独自案件の内容を外部の人間に言えるかよ」

鳥海は熊谷の質問を一蹴した。

「その独自案件に絡んだ傷害事件だと見立てられます。話して頂けませんか」

「そっちは所詮《しょせん》、傷害だろ。うちのヤマはレベルが違う」

久保が死んだら？　その問いを熊谷は発しなかった。口に出して本当になったら寝覚めも悪い。

「警察がウチのヤマに勘づいてからでは遅いのでは？」

「そん時はそん時だ」鳥海の巨体が前のめりになった。「だいたい、てめえはサツに通じてる。

言えるかよ」

スパイまがいの言われっぷりだ。ふざけんな——。熊谷は喉元まで込み上げてきた荒々しい怒声を、ぐっと飲み込んだ。

特別刑事部長室を後にすると、熊谷は静かな廊下を進んだ。昨晩の相川と今の鳥海の応対から何か導き出せないのか。

アッ。思わず声を出しそうになり、熊谷は口元に笑みが浮かんだ。……あいつ。そのまま相川検事室に向かった。

相川は一人、執務室でブツ読み作業をしていた。

「要求通り、やってきたぞ」熊谷は眉を上下させる。「俺を試したな？」

相川は顎を引き、目元だけを緩めた。

「案件が案件ですので」

昨晩、相川は『部長に訊いてから、来て下さい』と言った。『承諾を得て』とか『聞き出してから』という条件はない。鳥海が明かすならそれでよし、明かさなくても話す、との仄《ほの》めかしだ。この程度を読めない者には言わない、と相川なりに一線を引いたのだろう。

「バッジ案件です。熊谷さんなら、湊川でバッジといえば誰かは想像できますよね」

「吉村泰二だな」

相川が小さく頷く。鳥海が口を割らないのも当然か。県一区選出の代議士で現役大臣、且つ政権与党の次期党首候補筆頭——。ただでさえ検察の独自案件なのに、しかも吉村絡みとなれば警察には絶対に伝えられない。

「湊川市助役の事案と、ウチの捜査とは無関係なのか」

逮捕された助役は、秋の国政選に民自党から出馬すると報じられていた。吉村の息がかかっていたのは間違いない。

「現時点では。おそらく今後も県警はノータッチでしょう」

同感だ。地下で二つの事件が繋がっていたとしても、県警は助役とミナトの贈収賄をまとめるだけで精一杯だ。たとえ繋がりが見えたとしても、吉村の威光に恐れをなして触れてこないのも明白。それでも鳥海は神経質になっているのだろう。

「久保は何の用で被害現場に行った？」

「現場近くのフィリピンパブ『美美』に重要参考人二人が訪れ、その後、姿を消してるんです。久保さんはその事由を探りに」

「何か摑めたのか」

「その連絡は受けてません」

相川は、美美のママが日本語を流暢に話す点、湊川海運部長の朝倉という男が消えたホステス二人と同席していた点、さらに久保がそれまでに調べた点を要領よく説明した。

「重要参考人が消えたってことは、捜査の仔細がバッジ側に漏れてる節があんのか」

「私はそう踏んでます。意見交換こそしてませんが、久保さんも同様でしょう。だから美美に出向いたんだと」

検事と立会事務官には阿吽《あうん》の呼吸が求められる。久保が相川と同じ見解だったとの分析は納得できる。

「ふうん。久保の手帳の一枚が破り取られてた。心当たりは？」

相川は十秒近く思案し、言った。

「見てみないと何とも。でも……美美の住所が書かれたページは残ってましたか？　久保さんが襲われた現場と店が余りにも近いので」

熊谷は昨日ざっと目を通した手帳を反芻した。現場近くの住所が記載されていれば、必ず目に入る。

「それだな。記載があったのは確かか？」

「ええ。私は、久保さんが書き留めてる場面を現認してます」

襲撃犯は、久保が美美を訪れた件を隠したかったのだ。吉村絡みといい、きな臭くなってきやがった。

「被害前日の欄に『東京？』って書き込みがあった。何を意味してるか見当はつくかい？　出張の予定が入っていたとか」

「いえ」相川はかぶりを振った。「何も」

私生活にまつわる記述は手帳になかった。となると他の記述同様、仕事に関する書き込みで、相川に復命するには至らない程度の情報か。

「久保が独自案件の絡みで事件現場に行ったことを、鳥海部長の他は誰が知ってんだ？」

「次席には報告しました」相川は目をやや広げ、頭を深々と下げてきた。「お心遣い、ありがとうございます」

「構わねえよ。他に気づいた点があれば、いつでも連絡をくれ」

七階の次席検事室は、しんと静かだった。一面ミラーガラス張りの窓からは湊川市内が一望でき、夏の陽射しで輝く海が目に眩しい。

熊谷は重厚な執務机の前に立ち、次席の本上と向かい合った。

「特刑の独自案件は吉村絡みだよ。久保も捜査チームの一員だ」

本上はぞんざいな対応にも受け取れるほど、あっさりと言った。これで相川から独自案件の内容を聞いた、とならずに済む。

「ウチでさっさと被疑者を挙げろ。警察の介入は避けたい。バッジに漏れるリスクが日に日に増してしまう」

警官の多くは地元に根付いている。彼らは知らず知らず有力国会議員の網に搦《から》めとられる場合も多い。熊谷は一応、本上にも特別刑事部の捜査と湊川市助役の贈収賄が関係ないのかを質した。

「目下のところはない」本上が目を細める。「それにしても、不幸中の幸いだよ。なんせ『熊狩りの熊谷』が今回、事に当たるんだ」

本上がつけてきたあだ名だ。七年前、熊谷が赴任した仙台地検刑事部の本部係検事を本上が務めていた。当時、仙台には、『熊』という符牒《ふちょう》で呼ばれる大物県議がおり、のっそりした風貌ながら凶暴性を秘めた性格が符牒の所以《ゆえん》で、議員や県職員を糾弾して辞任や辞職に追い込むほか、暴力団と癒着《ゆちゃく》している噂もあった。ある時、その『熊』が傷害事件に関与した疑いが浮上した。本来なら本部係検事が出張る段階ではないが、相手が相手だけに本上が間に立ち、警察には黙秘に徹した『熊』を地検が引き受け、指示を受けた熊谷が相対した。

地検でも五日間黙秘を貫く『熊』に、熊谷は一言投げた。

――次の県議選まであと二ヵ月か。任意聴取に期限はない。選挙期間が終わるまで、とことん付き合ってやるよ。そうなりゃ、仲良し連中もアンタをお払い箱にする。頼る相手をよくよく見極めるんだな。

直後、『熊』の沈黙は砕けた。完全に割り、調書を巻き終えると、本上に言われた。

――熊狩りに成功したな。

――下手に苦しませないよう、うまく急所を撃てたようです。これでも動物愛護精神が旺盛なんでね。

そう言った時、二人の祖父の顔が熊谷の脳裏には浮かんでいた。

まずは『じいじ』という呼び名で近所の人にも慕われた、母方の祖父だ。岩手県で猟師を生業にしていた。

――猟師ってのは、鹿でも熊でも動物の命を奪う。奪う時は、獲物と自分は対等の命だって敬意が要る。だから、じいじは罠《わな》にかかった獲物も銃を使う場合も、相手の目を見て一撃で殺すのを心掛けてるんだ。そりゃ、罠や銃だって本当は卑怯だよ。けんど、人間は素手じゃ野生動物に勝てねえ。じいじなりの礼儀だな。命を頂くんだから。

――不必要に殺生を繰り返す動物が相手なら？

――動物は不必要な殺生はしねえ。

――あくまでも仮の場合だよ。

じいじは皺《しわ》だらけの分厚い手で、無精髭をさすった。

――そん時は『目には目を』さ。相応の手段で後悔させてやる。

――後悔？　動物にも感情があんの？

――怒り、悲しみ、愛情。動物にも心はある。じいじは若い頃、獣の気持ちを理解しようと三ヵ月間山に籠もったんだ。獣道を歩き、彼らの食料――肉、草、木の実なんかで命を繋いだ。だからはっきり言い切れる。

もう一人は父方の祖父だ。熊谷は『爺《じい》さん』と呼び、亡くなるまで同居した。逝ったのは、熊谷が高校二年の年だった。熊谷の実家はバイクの修理も扱う自転車店で、一日中黒い油まみれになって働く爺さんの姿は、今も目蓋の裏に焼きついている。

爺さんの背中には刺青があった。『これは不動明王って怒りの神様だ。若さに任せて彫ったのさ』。幼い頃に風呂場で訊くと、にやりと微笑んでいた。婆さん曰く、戦前の爺さんは暴力団員との喧嘩や博打場荒らしに明け暮れるなど、かなりの無茶をしていたらしい。それが戦後に南方戦線から復員してくると、ころっと人が変わっていたという。

いつも優しい爺さんも熊谷が泣いて帰った時だけは厳しく、その顔は背中の不動明王さながらだった。

――やられたら、同じ分だけやり返せッ。じゃないと、お前が受けた痛みを相手はわからないままだ。よく憶えとけッ。人間だって獣だ。

幼い頃の熊谷は体が弱く、近所の連中にいじめられた。だが、爺さんの教えだけは必死に守った。怒鳴られるからだ。数々の修羅場を潜った人間の怒声は、とんでもない迫力だった。いつしか熊谷は、一発殴られれば一発殴り返す子どもになった。

幼い頃に『爺さん』に叩き込まれた習慣、そして『じいじ』を見倣《みなら》って相手の心境になってぶつけた言葉が『熊』を落としたのだろう。

「久保の件、頼むぞ」

本上は無機質に言った。

「あの一帯は外国人ばかりで、思うように地取りが進まなくて」

湊川中央署の刑事課長は苦り切った顔だった。

午後二時、同署の刑事課フロアは課長一人しかいない。捜査員は現場に出払っている。熊谷は電話ではなく、進捗状況を直接仕入れようとやってきた。午前中は別の事件の書類を作成していたため、この時間に訪れることになった。

「彼らも日本で商売してんだ。日本語は話せるんだろ」

「カタコトですよ」

「県警には通訳がいるよな」

「県下では外国人犯罪が増えており、今回の事件に投入できる数はたかが知れてます。第一、英語や中国語ですら人員不足なのに、タガログ語やらベトナム語、ウルドゥー語、それぞれのスペシャリストが何人いると思います？」

「そんじゃ、他県警から応援を貰《もら》え」

「無茶言わんで下さいよ」刑事課長は眉を寄せた。「ウチから他県に応援を出してるくらいなんで」

熊谷は薄いアイスコーヒーを一息に飲んだ。

「多少は地取りの成果はあったのか」

「ええ。事件発生直前、若い女の悲鳴が聞こえたって話はちらほら出てます」

「そうかい」熊谷は、住吉に目配せする。「そろそろいくか」

アスファルト上の空気が熱で揺らめいている。肌がじりじり焼ける音が聞こえてくるようだった。

「住吉、おまえベトナム語やらタガログ語は？」

「できませんよ。たどたどしい英会話がせいぜいです。そういう検事は？」

「右に同じだ」

約二十分後、昨晩臨場した路地に熊谷は立っていた。地取り真《ま》っ只中《ただなか》の警官もちらほら見られる。熊谷は手の平で額の汗を拭い飛ばした。どんなに夜は賑わう街も、昼間は大抵うら寂しい。この場所もその例に漏れない。ぎらつく陽射しは容赦なく雑居ビルの汚れや罅《ひび》、路上のゴミを照らしている。

検事、と湊川中央署の老刑事、長内《おさない》が相棒を引き連れて歩み寄ってきた。二人とは別の事件現場でも何度か顔を合わせている。長内はこれまで後輩にかなり荒っぽい指導をしていたらしいが、最近初孫ができて丸くなったと評判だ。

熊谷は軽く手を上げた。

「よう、長内さん。地取りの首尾は？」

「はかばかしくありませんね。なんせ言葉がね。まだ出勤時間じゃないし」

「ふうん。俺もちょいと地取りの真似事をさせてもらうよ」

「ウチの課長はなんて？」

「言ってねえ。別に長内さんたちの捜査に不満があるんじゃねえんだ。ガイシャがウチの職員だからさ。上も色々とうるせえんだ。俺もちゃんと努力してるって所を見せとかないとな」

「どの組織も上には苦労しますな」長内は訳知り顔で肩をすぼめた。「何か聞き出せたら、こっちにも流して下さいよ」

「もちろんだ。そういや、お孫さんはどうだい？」

「いやあ、驚きました。本当に目の中に入れても痛くないほどですよ。息子も張り切ってますしね」

「息子さんはどちらにお勤めだっけか」

「ミナトです」

「そりゃ、将来も安泰だな」

ええ、と長内が微笑む。引き攣ったような笑みだった。湊川市助役との贈収賄を気にしているのだろうか。もっとも、あの程度の事件で潰れるようなヤワな会社ではない。

世間話を終えると熊谷は長内と別れ、地取りに入った。いつ何時、新たな事件発生の一報が入るか予想できない。できるうちにできるだけの作業をしておかねばならない。

シリマセン。ワカリマセン。ニホンゴ、デキマセン――。空振りの時間が続き、不在の店も多かった。

四時過ぎ、視界の端で異変があった。若い女性が美美のドアの鍵を開け、滑《なめ》らかに入っていく。熊谷はすぐさま歩みを進めた。隣では住吉が何も言わずについてくる。

お邪魔します、とドアを穏やかに開けた。熊谷は捜査や取り調べでは、なるべく丁寧な言葉遣いをするよう心掛けている。ここぞという場面で乱暴な口調がきくからだ。『熊』を割った時のように。

店内は薄暗く、壁際のテーブル席で目鼻立ちの整った若い女性が化粧道具を並べていた。その肌は浅黒い。

「すみません」若い女性は困惑顔だった。「まだ開店前なんです」

やけに流暢な日本語だ。どうやらこの女がママか。

「私たちは客ではありません。少々お話を聞かせて下さい」

熊谷は返事を待たずにママの前にどっかりと座り、立場と用件を簡潔に述べた。

ジャスミンと名乗ったママは手を止めた。

「お話しできることは何もありませんが」

「こちらの質問にお答えくだされば結構です。昨晩、被害者はここに来店していませんか」

熊谷は久保の容姿を告げた。ジャスミンの口ぶりからして、警察はまだ美美を当たっていないのだ。彼らもこの後、聞き込みに訪れるだろう。ここで『久保が来ていたことを知っている』とは言えない。

「あ、ええ。確かにいらっしゃいました」

「一人で?」

「はい」

「どんな話をしましたか」

「それは……」ジャスミンは目を伏せた。「あまり言いたくないので」

「話を聞くのが私の仕事です。話してもらうまでは帰れません」

数十秒の間が流れ、ジャスミンは目を上げた。

「実はちょっと厄介なお客さんだったんです……。数日前にいらしたお客さんについて、しつこく聞いてきて」

熊谷はジャスミンを見澄ましていた。正面の瞳は揺らがず、顔に不可解な引き攣りや動揺の色もない。いわゆる嘘反応は皆無――。

「なるほど。それで何とお答えに？」

「あいにく、何も憶えておりません」

「どんなお客について訊いてきたんです？」

「ホステスさんがどうとか」

それからいくつか質問を投げたが、実りのない返答だけだった。

「あの」ジャスミンが弾かれたように言った。「被害者の方はどんな容態なんですか」

「意識不明の重体です」

ジャスミンの顔が如実に曇った。

美美を出るなり、視線を感じた。熊谷がその方向に首を振ると、遠くで湊川中央署の長内がじっとこちらを見ていた。刑事特有の鋭い目つきだ。長内は、久保が美美を訪れた経緯をまだ摑んでおらず、ジャスミンにもまだ会っていない。検事風情に聞き込みで先を越された、と歯嚙みでもしているのか。

熊谷はその後も地取りを続行したが、空振りばかりだった。自動販売機で缶コーヒーを買うと、いつのまにか隣に男が立っている。

総務課長の伊勢だ。強烈な陽射しが辺り一帯に降り注いでいるのに、この伊勢だけは日陰にいるような雰囲気がある。

「おう。総務課長が何しに来たんだよ」

「何か進展がないかと、いてもたってもいられないんです。なにぶん、被害者が職員なので」

落ち着いた声柄の半面、話すスピードはやけに速い。意外だ。熊谷が抱く伊勢像は、何事にも動じず常に超然としたものだ。

「進展はないな。ホシの目星もついてねえ」

「そうですか。検事があの店に入ってから出るまで、ずっと長内さんが見てましたけど、あの店が何か？」

その時、熊谷の携帯電話がポケットで震えた。県警捜査一課からだった。

3

鼻の奥を刺激するきついニオイが辺りに充満している。湊川市北区の山中で、若い男女が乗った車が燃えたのだ。久保が暴行を受けた現場からこの場所までは、車で一時間ほどかかった。

「ガイシャはボクサーか？」

生きたまま焼死すると、体はボクサーの構えさながら丸まる。

「男の方は。しかし女は違います」県警捜査一課の火災担当班を仕切る班長が答えた。「そのため、念を入れて熊谷さんに臨場をお願いした次第です」

殺人事件かどうか判断が難しい案件でも、こうして臨場する時もある。

熊谷は黒焦げの車体の中を覗き込んだ。人間の形をした黒い物体が二つ。運転席側に座る方の腕は丸まっている。

「女の死因と二人の関係性を突き止めろ。外部からの放火の線は薄いだろうが、二人が逃げられないよう固定されていなかったのかも調べてくれ」

承知しました、と班長が静かに言う。

そのほか諸々の指示を終え、熊谷は車に戻った。どこに、と運転席の住吉が尋ねてくる前に、熊谷の携帯電話がポケットで震えた。またしても県警捜査一課からだった。

四十分後、熊谷は次の現場にいた。マンションの一室は、むせかえるような血のニオイが充満している。殺されたのは八十三歳の男性と七十九歳のその妻で、二人とも胸や腹を何度も刺され、ひどい有様だった。

「身内って線はないのか?」

熊谷は現場を仕切る、県警捜査一課の管理官に質した。尊属殺人の場合、相手を滅多刺しにする例が多い。それほどまでに恨みが深い、あるいは身内を手にかけた——という念から頭の中が真っ白になってしまって、相手が死んだかどうかも判断できなくなっているためだ。

「同居中だった、五十三歳無職の息子が行方不明です」

その線が濃い。

「なぜ俺を呼び出した?」

「付近では近頃空き巣が相次いでおり、強盗殺人の疑いもあるので一応。だから所轄《しょかつ》ではなく、私も出張ってきました」

現場を離れられたのは、九時過ぎだった。

「ハヤシライス、食いにいくぞ」

国道をこのまま三十分ほど西に進むと、夜中の三時まで営業しているハヤシライスの名店がある。熊谷の好物だ。湊川市に赴任以来、考え事をする際にいつも出向いている。それを知る住吉は『承知しました』とだけ言い、口を噤《つぐ》んだ。

「解せねえな」

熊谷はぼそりと呟いた。住吉からの相槌はないし、熊谷も求めていなかった。流れる景色を目で追いつつ、事件を吟味していくことに集中した。


翌日の午前十時、熊谷は湊川港沖の人工島にいた。湊川市からは橋とモノレールで繋がっていて、この人工島には多くの企業のビルや倉庫が建ち並んでいる。

コンクリート護岸に若い女性の水死体が引き上げられていた。岩礁《がんしょう》やコンクリートに打ちつけられたためか、かなり損傷がひどく、事件性の有無はひと目では見極められないレベルだ。護岸には劣化したビニール袋やペットボトル、錆《さ》びた空き缶、発泡スチロールなどが漂っている。こんな場所に若い女性が浮いていたのか。やるせない限りだ。

「外傷を精査してくれ」

熊谷はそう指示するしかなかった。今日も念のため現場に呼ばれたのだ。車中に戻ると、熊谷はシートに体を預けた。

「妙だな」

「昨日もそう仰ってましたね」

「ああ。本部事件になるかどうかの、微妙な現場に呼ばれるのは慣れっこだ。けど、昨日と今日の事件、こいつらは何だ？　表ヅラは本部事件に発展しかねない要素はある。同じように、いや、それ以上にそうじゃない要素の方もある。普通なら俺を呼ぶほどじゃない」

「事件は大小ではないにしても、今まではこの程度の案件で声がかからなかったのは事実ですね。となると？」

「お前も人が悪いな。察しはついてるくせに」

……何か思惑がある。昨晩、ハヤシライスを食いながら検討していくと、早々に一つの仮説に辿り着いた。ターニングポイントは久保の事件――特に美美の聞き込みをしてからだ。

俺を当該捜査から遠ざけようとの魂胆ではないのか。それなら県警にもバッジの手が伸びている、と踏むべきだ。

熊谷は唇を引き結んだ。そっちがその気なら、やってやろうじゃねえか。

「検事、相当悪い顔してますよ」

住吉もまんざらでもない顔つきだ。

「強面《こわもて》なのは生まれつきだよ」

「それは失礼しました。で、何をするんですか」

「目には目を、さ」

熊谷はガバッとシートから体を起こした。その途端、携帯がポケットで震えた。液晶に表示されているのは湊川中央署。

　久保を襲った犯人が出頭してきた、との急報だった。

　熊谷は腕組みして、マジックミラー越しに湊川中央署取調室のベトナム人を睨んだ。

　先ほど捜査員から聞いた、彼らの情報を脳内で整理する。出頭してきた男は四人。いずれもベトナムの都市・ダナン近郊の貧しい農村出身で、出稼ぎで三年前に来日。久保が襲われた路地にあるベトナム料理店に勤務している。

　通訳官がベトナム人の供述を粛々と訳していく。

　――悲鳴が聞こえたので店から出ると、男が力ずくで若い女性を物陰に引っ張り込もうとしていた。私たちが女性を助けようと駆け寄ると、男はかなり暴れた。刺すつもりはなかった。男に殴られ、無我夢中で相手を追い払う気で刃物を振った。

　悲鳴があったという現場付近での証言とは合致している。久保は学生時代、空手の有望選手だった話もある。

　――なぜ刃物を持っていた？

　――前に近くで強盗事件があったので護身用に。

　――どうして直ちに出頭しなかった？

　――四人の意見がまとまらなかった。悪いことはしてないんだから警察に説明した方がいいと主張する者と、どうせ外国人の言うことは信じてもらえないという者がいた。誘惑に負けて金も奪ったし。

――人を刺せば仕事ができなくなるのに、どうしてそこまでした？　故郷の家族が困るのは明らかだろ？

ベトナム人はすかさず応じ、それを通訳官が翻訳する。

――私が働くより大事なこともある。

ベトナム人の供述は筋が通る。……が、久保が女を物陰に引っ張り込むような輩とは思えない。熊谷は脳裏でベトナム人の供述をなぞった。すると、何かが引っかかった。

なんだ？　どこに違和感を覚えた？　ベトナム人の聴取を見ながら、別の頭で思考を深めていく。

熊谷は眉間に力が入った。

そうか――。被疑者は四十八時間以内には身柄が送検されてくる。本部係検事を事件から遠ざけようとする県警の何者かは、このベトナム人の供述をそのまま地検に食わせようと供述や証拠を固める。

時間はない。熊谷は廊下に出ると、住吉に耳打ちした。

「今夜やるぞ」

4

熱風がひと気のない一角を吹き抜け、アスファルトの割れ目から生える雑草が揺れている。熊谷は車中でフロントガラスの正面、約二十メートル先を注視していた。午後十時。窓を開けていても車内は蒸し暑い。久保が襲われた路地から南に約一キロ離れた市道だ。湊川港にも近く、周囲には安普請の空き家や古いアパート、小さな貿易商の倉庫代わりのプレハブ小屋やコンテナが黒い影となって並んでいる。

やがて一人の人影が現れ、側溝を覗き込んだ。人影はおもむろに膝をついてしゃがみこみ、その手を側溝に伸ばす。

熊谷は運転席の住吉に目配せした。間髪を容れず、住吉の手がハンドル右のライトスイッチを捻り、サッと走った光線が人影を照らし出した。

湊川中央署の長内だった。

熊谷は車を下り、微動だにしない長内に歩み寄った。熊谷が右手を軽く上げると、車のライトが消えた。

「凶器はあったかい」

「なんでここに?」

「誰が来るのかをこの目で見たくてな」熊谷は顎を振った。「誰が凶器を持ち去ろうとすんのかをな」

長内の顔が強張《こわば》った。

午後八時過ぎ、熊谷は仕事が一段落つくと、長内の携帯に電話を入れていた。

——例のベトナム人の事件で、警察が押収した以外にも凶器があるらしいぞ。とある場所の側溝に捨てたって噂を小耳に挟んだ。調べてくれないか。噂の出元? 地検にもネタ元はいるさ。バッジが久保の事件に絡んでいれば、連中はこのままベトナム人の傷害事件で終わらせたい。

それなのに、供述にない別の凶器が出現すると事態はどうなるか。供述そのものが疑われ、全てが洗い直されかねない。連中は是が非でもそれを避けたい。

警察が捜査として動くなら、ハズレ。

バッジと通じる者が凶器を葬り去ろうとすれば、アタリ。

単純な罠だ。熊谷は接触する警官さえ間違わなければ、成功すると見通していた。長内は一人で来た。すなわち捜査ではない。

「凶器はどこに？」

「んなもん」熊谷は鼻で笑った。「ハナからねえよ」

「てめえッ」

長内の物言いが急にぞんざいになった。膝をはたき、立ち上がってくる。肩をいからせ、眼光も鋭い。

「だましたのか。検事のくせに恥ずかしくないのか」

「別に。火のないところに煙を立てたのはお互い様だろうが。俺はやられたらやり返す主義なんでね」

「何が言いたい？」

「バッジの操り人形が偉そうな口を叩くな、って意味だよ。俺を事件から遠ざけるため、本部事件でもない案件で呼び出されるよう仕向けた。うまい方法さ。組織の動き方を利用しただけだ。そのままベトナム人の傷害事件で一件落着させる腹だろ」

「腹も何も、ベトナム人は間違いなく犯行に及んでる」

「出頭したんだ。確かに犯人なんだろうな。けど、動機は供述と全然違うぜ。アンタもベテラン刑事だ。それくらいお見通しのはず」

長内は唇を閉じ、何も言わない。熊谷が話を継いだ。

「彼らが犯罪に走ったいきさつは、アンタと一緒だよ」

長内の目が泳いだ。

昼間、湊川中央署で見えた筋書きだった。四人のベトナム人はダナン近郊の貧しい農村出身。ミナトがダナンに大型ショッピングモールを建てるとの記事を読んだのは、昨日の話だ。記事では、ダナンは近郊の町村にとっては働きに出る街だとあった。出頭した四人は犯行と引き換えに、身内がそのショッピングモールで永続的に働ける「手形」を得た。ミナトは吉村の支援者だ。これくらいの条件は、吉村ならやすやすと実現できる。出頭したベトナム人はこう言った。『私が働くより大事なこともある』。あれは人の心の在り様に関してではなく、この「手形」について言及したのだ。いくらベトナムが経済成長著しい国といっても、安定した日系企業で働けるメリットは大きい。

自分さえ人柱になれば故郷の家族は——。

バッジ側は、そんな心を利用した。ベトナム人が久保から金を奪ったのはその供述通りで、誘惑に負けたのだろう。

「長内サン」熊谷は声色を低くした。「息子さん、ミナトに勤務してるよな」

一歩にじり寄ると、足元で靴底が砂利を嚙む音がした。

「金の使い込みなのか、何か犯罪行為をしたのか、どんな成り行きだったにしろ、息子さんは解雇される寸前だった。アンタはそこに付け込まれ、軍門に下った。おそらく息子のためというより、生まれたばかりの初孫のために」

長内は眦《まなじり》が裂けんばかりに目を広げた。

久保が襲われた現場を訪れた時の会話がある。ミナトに勤めている息子について、『将来も安泰だな』と熊谷が言うと、長内は微笑んだ。その笑みは引き攣っても見えた。あの反応は、湊川市助役とミナトとの贈収賄事件に関してではなかったのだ。吉村なら関係各所に手駒となりうる者を探し出しているはず。長内の息子は父親の職業から、そのリストに挙げられていたのだ。そして今回、吉村側はまんまと長内を利用していた。

「といっても、アンタ一人じゃ俺を右に左にと動かせない。県警上層部——捜査一課の誰かにもバッジの息がかかってんだ。アンタはそいつに俺が邪魔だと注進した」

「知らん」

長内は深い声で、嘘の気配はない。湊川港の方で汽笛が鳴った。

「今の話、何か証拠は？」と長内が小声で発した。

「一応って程度にはな」熊谷は親指を背後に振る。「俺の立会は学生時代、映画研究会でな。今も車内でカメラを構えてる。俺がアンタにした電話も録音してある。二つを繋ぎ合わせれば、状況証拠にはなるさ。まあ、俺の手段は褒められたもんじゃねえから、ウチと県警の喧嘩《けんか》にはなるな」

「本部係検事を外されるぞ」

「それがどうした。アンタらにあしらわれるよりマシだよ。いいか、よく聞け」

熊谷は瞬きを止めた。

「言い換えれば、ここでアンタの言い分を聞くのは俺だけってことだ。俺の立会も聞いてねえ。まだ元に戻る道はある。知ってることを話しちまえよ」

長内の目がぐらりと揺れた。言外に込めた含意は通じたようだ。熊谷は無造作に両手をポケットに突っ込む。

「別にアンタのためじゃねえ。アンタの初孫のためだ。生まれて早々、じいさんが悪者になるなんて可哀想だろ」

一拍の間が空き、コオロギなど秋の虫の澄んだ声がもう聞こえてきた。

憑き物が落ちたように長内の肩がすとんと落ちる。熊谷は黙し、ただ見据え続けた。長内が深々と頭を下げてくる。

「……武士の情け、恐れ入ります」

「獣にも心はあるからな」

「は？」

熊谷は右手をポケットから出し、ひらひらと振った。

「何でもねえ、こっちの話だ」

「いつもこんなに危ない橋を渡るんですか」

「渡らなきゃいけない時にはな。さっきも言った通り、客観的に見りゃ許されないのは自覚してるさ。けど、客観的な見方ってのは常に正しいもんなのかね」

熊谷は車に長内を連れ込み、住吉を外で待たせた。長内はバッジ側に「熊谷が地取りした」と伝達しただけだった。相手は『美美』という単語に反応したという。そしてその後、県警の何者かが熊谷をあちこちに動かしていた。

「バッジ側の誰とコンタクトを取ってたんだ」

「秋元法律事務所の北原という職員です」

元裁判官のトップが約三十名の弁護士を率いる、県内最大の法律事務所だ。彼らが被告人側に立つと、検察の求刑を大きく下回る判決――『問題判決』を引き出されるケースも多い。その北原を割れば、地検に潜り込んだバッジ側のスパイを洗い出せるだろう。だが、秋元に切り込むのは至難の業だ。

「なんで私が彼らと通じてるとわかったんです？」

長内は怪訝《けげん》そうだった。

熊谷の脳裏に伊勢の顔が浮かんだ。

――検事があの店に入ってから出るまで、ずっと長内さんが見てましたけど、あの店が何か？

「勘だ」熊谷は嘯いた。「ときに、美美って店は何なんだ？」

5

すみませんね、と熊谷は水割りを一気に呷《あお》った。正面に座るジャスミンは黙って二杯目の水割りを作り始める。

午前零時半。営業を終えた美美は森閑《しんかん》としていた。ホステスは全員帰宅し、賑やかな音楽も流れていない。熊谷は閉店時間を見計らい、やってきた。勤務後に訊き逃した点があると気づき、それを今晩中に確かめたくなった、と言って。

「この店を出た後に襲われた男性はまだ意識不明の重体です。医者の話だと、依然として予断を許さない状態だと」

熊谷は起伏の乏《とぼ》しい調子で告げた。ジャスミンは目を伏せ、マドラーを回して水割りの濃度を整えている。熊谷は水割りを受け取ると、切り出した。

「ある筋から、この店が国会議員と繋がっていると聞きました。捜査機関にとって大事な参考人を、海外に密航させる渡りをつけてるとか。その結果、捜査機関は国会議員側が作った偽の筋書きに乗せられ、証拠不十分で事件がうやむやになってしまう」

長内は又聞きの又聞きレベルの噂だと言った。すでに退職した警官がぼそりと話したのだといぅ。また、長内はバッジ側と繋がる県警上層部については何も知らないと供述した。

黙るジャスミンの方に、熊谷は少しばかり上体を傾ける。

「本当はやりたくない、嫌気がさしてるんじゃないですか」

なおもジャスミンは真っ赤な口紅を塗った唇を真一文字に結んでいる。返事のないまま十秒、二十秒と沈黙が過ぎた。前回店を訪れた際、ジャスミンは久保の容態を耳にして顔を曇らせた。あれは自責の念の仕業《しわざ》ではないのか。

「昨日北区の山中で乗用車が燃えました。助手席には黒焦げの若い女性の遺体があったんです」

熊谷は唐突に話題を変え、感情を込めずに突きつけた。

ジャスミンの顔は強張っている。……この女。美美で渡航の渡りをつけた人間のその後について、何も聞かされていないようだ。焼死体の話題は、それを推し量るためのジャブだった。

「生きたままだったのか、亡くなってから焼かれたか」後者だと判明しているが、熊谷はわざと事務的に言った。「いずれにせよ、むごい最期です」

ジャスミンはタイトスカートの上に置いた両手をぎゅっと握り締めている。

「今朝は湊川港で若い女性の水死体が上がりました。岩礁であちこちが傷つき、水で膨《ふく》れあがって見るも無残な姿でした」

二発目のジャブ。ジャスミンの顔色が悪くなる。

たっぷり間をとり、熊谷は鞄から二枚の写真を取り出し、テーブルに置いた。住吉が県警から取り寄せた写真だ。

「生前の二人です。見覚えはありますか」

密航の渡りをつけたホステスではないとわかった時、どんな反応を見せるのか。

ジャスミンは恐る恐るといった様子でそっと覗き込み、熊谷はその挙動を凝視した。ジャスミンの双眸が緩み、ふうと息が吐かれる。

「知らない方たちです」

演技には見えない。

「もう一度お訊きします。この店を出た後に襲われた男性は、あなたに何を尋ねたんでしょう」

「この前話した通りです」

「誰か証明できますか」

「いえ、二度目の来店時はお一人でしたので」

熊谷は胸裏で自身に舌打ちした。一度目も二度目も一人だったと早合点していた。久保は相川にもその旨をあげていない。知っていれば、相川は伝えてきたはず。

「一度目は誰と来たんです？」

「まだそれほどの年齢じゃないのに白髪の方とご一緒でした」

伊勢――。次席の懐刀であるあの男なら独自案件を巡り、陰で動いていても不思議ではない。久保も古株の事務官だ。二人は古くからの知り合いで一緒に行動したのだろう。伊勢が久保の襲われた現場周辺をうろうろしていたのは、本気で慌てて捜査の進展が気になったからか。熊谷が抱いた伊勢像とのギャップも、それで説明がつく。そして長内の動向に不審を抱き、示唆した。久保との同行を明言しないのも得心がいく。総務課長が独自案件の捜査に関わることは、組織を乱す行為にあたるためだ。

「一度目の時は、挨拶程度の会話をしただけです」

「二度目は？」

ジャスミンは黙した。

「あなたは、なぜやりたくもない役割を担ってるんです？」

ジャスミンはうつむき、語ろうとしない。

二発のジャブでジャスミンの心をかなり揺らせたのは間違いない。この女をもう一押しするにはどうすればいいのか。相手の立場になって一気に考えを進めていく。

……見えた。

熊谷は深く息を吸った。みぞおちの辺りがカァッと熱くなっていく。

「いいか」口ぶりをがらりと変え、語気も強める。「アンタには他人が傷つくのを望まない心がまだある。このままじゃ、その心すら失っちまうぞ。人間、いや獣だって心を失ったら終わりなんだ」

飾り気のない気持ちをぶつけた。

水割りグラスの氷が崩れ、カランと鳴った。

しずしずとジャスミンの顔があがってくる。決然とした面持ちだった。

「明日のこの時間、お店にいらしてください。それまで時間を頂ければ、準備もできます。色々と手を打っておかないと」

「準備？　手を打つ？　いま、聞きたいんだがな」

「まだ話せません」

ジャスミンは真剣な眼差しだった。腹を括った者の目だ。信じていい。長い検事生活で培った洞察力は、そう告げてきた。

「いいだろう。明日な」

＊

ただでさえ熱帯夜なのに、気温は一層上昇している。午前三時過ぎ、熊谷は真っ赤に燃え盛る炎を前に立ちすくんでいた。眼前では消防隊員が慌ただしく動き、制服警官が規制線の前で睨みをきかせている。酸味の強い焦げ臭さが辺りに満ち、時折小さな火の粉が風に乗って飛んできては皮膚を焼く。

――美美が燃えてます。まだ中に人がいるとか。

二十分前に長内から一報が入り、熊谷はタクシーで駆けつけた。

目の前を通りかかった若い消防隊員の腕をむんずと摑んだ。何を、と消防隊員は声を上げたが、熊谷の形相にたじろいだのか、開けたばかりの口を閉じた。

「店内に人がいたってのは本当か。助かったのか」

「若い女性が運び出されました。一酸化炭素中毒で意識不明です」

「出火元は？」

「まだ何とも。ただ、ドア付近が最も燃えています」

ドア付近に火元となるようなものはなかった。ありうる可能性は……誰かがジャスミンの口を封じようと火を放った？

熊谷は消防隊員の腕を放した。

抜かった。踏み込みが浅かった。一晩中、行確しておけば――。

このタイミングでの火事は偶然ではないはず。何らかの原因で、ジャスミンが意を決したことが漏れたのだ。

クソッ。熊谷は夜空に向かって吠えた。

夜空が火で炙られていた。

エスとエス

1

八月三日。ジャスミン・ガルシア・サントスの容態は依然として、意識不明の重体――。

キーボードを素早く打ち、菊池亮は報告書を作成していく。

雷鳴が室内に轟いた。稲妻は空から落ちているはずなのに、その轟音は地の底から突き上げてくるようで、思わず手が止まった。窓を激しく打ちつける雨音も聞こえるが、ブラインドを下ろしているため、外の様子は窺えない。菊池は手が止まったついでに目薬をさし、ブラックの缶コーヒーを一口飲んだ。どうせなら砂糖入りにすれば良かった。この頃いささか瘦《や》せ、頰がますますこけてきたのだ。手の甲も筋張ってきている。もっとも、四十になって中年太りに気を揉《も》むよりはましか。

午後九時。秋元弁護士事務所三階には、菊池と先輩の男性職員だけが残っていた。四人掛けのシマで対座し、それぞれの作業をしている。

秋元法律事務所はJR湊川駅から徒歩五分ほどの、飲食店や大型デパートが建ち並ぶ一等地にある、五階建ての持ちビルだ。一階と二階では弁護士とその補佐役の職員が執務をとり、三階は事務職員の持ち場、四階は秋元の側近――秘書や検事から弁護士になったヤメ検の古株らが陣取っている。四階の弁護士たちは『直参』と呼ばれ、三階の職員、特に菊池が属する庶務係は彼らの指示で動くケースも多い。その際は隠密裏に行うよう求められるので、庶務係には専用部屋が与えられている。

直参からの仕事は秋元法律事務所と関係の深い衆院議員・吉村泰二に絡む案件がほとんどだ。対象人物の身元調査や内偵など、警官顔負けの作業を課される。そこで対象者の弱みを見つけたり、何かの折に取り込むべきかを判断するための人間関係を洗ったりするのだ。

事務所トップの秋元良一《りょういち》と吉村家がどんな経緯で深い関係になったのかは聞けていない。菊池はまだそこまで直参の信用を勝ち取っていない、と己を分析していた。秋元は五階に所長室を構えているが、ほとんど終日外出しており、顔を見るのも一ヵ月に一度、あるかないかだ。

向かいの席で、先輩が顔を上げた。

「データ、今のうちに保存しとけ。最悪、落雷で停電もありうる」

そうですね、と菊池はマウスをクリックして素直にデータを保存した。外では猛々《たけだけ》しい雷鳴が続いている。

先輩が机に身を乗り出してきて、人差し指を天井に向けた。

「知ってっか？　金庫にヤバイ書類があるらしい」

四階には、かなり大型の電子金庫が設置されている。

「ヤバイも何もウチは弁護士事務所ですから、どれもこれも流出したらマズイ書類ばかりでしょう」

ちっち、と先輩は舌を鳴らして人差し指を顔の前で軽く振った。したり顔で、勢いよく椅子《いす》の背もたれに寄りかかる。

「そういうことじゃねえよ。二ヵ月前、電力会社の工事で一日中停電したろ？　あん時、ボスは外出先から戻ってくると、その状況を耳にしてかなりピリついたんだと」

「なぜです？」

「停電の間、金庫の開閉記録が飛んじまう」

「あれって電子金庫ですよね。停電になれば、そもそも開かないんじゃ？」

「まさか。何かしら開ける方法はあるさ。じゃないと、大災害の時とかに貴重品を持ち出せねえだろ」

言われてみれば、その通りか。

「そこまでボスが神経質になる書類って何でしょうね」

「さあな。内容が何にしろ、仮に今日停電したら明日また中身を確認すんだろうよ。もしその書類が無くなってたら俺たちが疑われるぞ。事務所にいるの、もう俺たち二人だけなんだからな。最近こっち側の人間がパクられてるしよ」

先輩は真顔に戻っていた。こっち側――秋元法律事務所の人間ではなく、吉村側という意味だ。なにしろ吉村に近い人間がここ一年の間に相次いで逮捕されている。県議会のドンだった吉村の実兄、後援会幹部、吉村家と黒い交際が囁かれる暴力団構成員、湊川市の助役、ミナトの幹部社員……。

「しっかり監視しあいましょう」と菊池は冗談めかした。「ボスが大騒ぎした時は、何か紛失したんですか」

「いや。北原君がチェックした」

北原君――北原小夏は吉村の妹だと、事務所内でまことしやかに囁かれている。二人の年齢は二十歳近く離れていて、顔立ちも似ていないが、そもそも吉村泰二は養子だ。北原小夏は先代の吉村が外で作った子どもというわけだ。彼女が四階に配置されているのも、その血筋と無縁ではないのだろう。

「彼女、信頼されてますよね」

「まあ、なんだ、そうだな」

先輩は歯切れが悪かった。菊池としても、この話題を広げる気はない。

ところで、と先輩が気怠そうに肩を揉み、話を変えた。

「伊勢ってのは、そんなに凄腕なのか？　こっち側の人間がパクられてるのは、その男が絵を描いてるからって話があるんだろ？」

実兄に続き、後援会幹部が逮捕されたのを受け、吉村は自身が当局に狙われていると察知したのだろう。秋元法律事務所に地検の動向を洗うよう依頼があった。直参は庶務係に投げず、直々に動き、約一年がかりで伊勢に行き着いたそうだ。どの事案も何らかの形で伊勢の影がちらついているのだという。菊池たちに指示があるのも時間の問題だ。実際、目の前の先輩は直参に『庶務係全員に、体を空けておくよう言っとけ』と指示されている。数日前の湊川市助役逮捕で、吉村がさらに神経を尖らせているのは間違いない。

伊勢雅行。湊川地検の総務課長で、歴代の次席検事の懐刀でもある。菊池は五年前まで湊川地検で事務官として勤務した。総務課では伊勢の下につき、頭の切れの良さを目の当たりにしている。

「その気があれば、楽々と司法試験を通って検事や弁護士になれたでしょうね。記者連中はその白髪頭から白い主、シロヌシ、転じてS——エスと呼んでます」

「ふうん、エスねえ。まるでスパイを示す隠語みたいだな」先輩は茶化すも、目つきは険しいまだ。「こうやられるのを鑑みると、エスのエスがこっち側にいるんじゃねえか」

「どうでしょうね」

先輩と会話をしながらも菊池は別の頭で、四階の金庫にある書類について思案を巡らせた。よほどの嫌疑がない限り、検察も地検も弁護士事務所には手を出さない。それを踏まえ、吉村側の暗部にまつわる書類が保管されている？　十二分にありうる話だ。

「例の女、容態は？」

「病院の話だと、今も意識不明の重体です。一酸化炭素中毒なので長引くでしょう。後遺症も残るかもしれません」

菊池は日中に記者を装い、病院に探りを入れた。四階からの指示だ。海っかわにあるフィリピンパブ「美美」が火事になり、ママのジャスミンが病院に運ばれている。その容態を聞き出せ、と。

「そうか」

質問してきたくせに先輩はおざなりに言った。ここで会話を終わらせるのも業腹なので、菊池は話を継いだ。

「例の女、結構な役どころだったんですよね」

ジャスミンの容態を毎日確認してくれ。直参にそう命じられた際、『海外窓口だった店だ』と告げられている。重要人物の容態を探る大切な任務だぞ、と示されたのだ。

「なんでこっちに協力してたんでしょうね」

「さあな」

「大人しくフィリピンで生活してれば、こんな目に遭わなかったろうに」

東洋新聞によると、湊川中央署は放火の線で捜査を進めているそうだ。美美が燃えたのは偶然ではあるまい。放火が増えるのは空気が乾燥した冬だし、仮に何者かが真夏に火に魅入られたとしても、これまで現場周辺で放火の被害は出ていない。放火犯は大抵ポストのチラシや自転車、ゴミ捨て場のゴミなどを燃やして欲求を解消する。いきなり建物に火を点《つ》けるケースはまずない。ジャスミンは海外への密航窓口。それが病院送りになった。下手をすれば焼死していた。偶然でない以上、必然。誰がそんな真似をするのか。

不要になる、あるいは危険だと見なせば消す——。

菊池たちも直参も、直接手を汚す真似はしない。あくまでも洗うだけだ。吉村は実行部隊を抱えているのか。うまい方法だ。仮に実行部隊が逮捕されても、捜査の糸は途中で途切れる。

「まさに人柱、か」

実行部隊への指示役も、どうせ使い捨てに違いない。

「おい、滅多なことは口にするな」先輩は鋭くたしなめてくると、言い足した。「地検の職員も入院中だったよな」

ええ、と菊池は簡単な返答をした。地検職員の久保が暴行を受け、倒れた現場も美美の近くだった。四人のベトナム人が出頭し、弁護を秋元法律事務所が手がけている。彼らは誰かに指示されたのではなく、久保に襲われそうになった女を助けるためだった、と供述しているそうだ。このベトナム人たちの供述が弁護士の指示によるものなのか、本当なのかは菊池もわからない。考察するまでもないというべきか。

荒々しい雷鳴がまた轟いた。

「エスのエスねえ」

小夏が物憂げに呟き、グラスに缶ビールを丁寧に注いでいく。つややかな黒髪にＬＥＤ照明の灯りが一筋、鮮やかに反射していた。

小夏は週に二度、菊池が住む２ＤＫの部屋を訪れている。付き合い始めて、もう約十五年。事実婚、通い婚など世の中に男女の関係は色々あるが、自分たちのような例は他にないだろう。ケリがつくまでは結婚できない――。

二人ともそう決意している。そもそも二人の間柄を知る者は少ない。事務所の人間にも伝えておらず、菊池は両親にも紹介していない。小夏には菊池を紹介できる両親もいない。

小夏の母親は先代の吉村の愛人で、三十三年前に湊川市内の路上で通り魔に殺された。先代も、すでに鬼籍に入っている。

小夏とは県内の法律事務所で事務員を務める、高橋良子《たかはしよしこ》の紹介で知り合った。高橋は元湊川地検職員で、在籍時に小夏の母親が刺された事件を別の事件の絡みで洗い直す機会があり、それ以来、小夏とは親戚のような付き合いを続けたそうだ。小夏を紹介してくれた当時、高橋は三十代半ばで、菊池にとって頼りになる先輩だった。時間を見つけては内履きスリッパのまま地検近くの和菓子店『梅林庵《ばいりんあん》』に走り、名物の豆大福を大量に買ってくるので、よくお相伴《しょうばん》にもあずかった。

*

「今晩食事に行かない？　紹介したい子がいるの」

湊川地検公判部で高橋と菊池は机を並べていた。地検に勤務していると異性と知り合うチャンスは少なく、恋人もいなかったので、菊池は二つ返事で承諾した。

三人は湊川市繁華街のイタリアンレストランで、ギンガムチェックのクロスがかけられたテーブルを囲んだ。

この時、小夏は東京の国立女子大学に通っていた。身寄りのない小夏は高校まで湊川市内の児童養護施設で生活し、その後、東京に出て一人暮らし中だった。学費は奨学金で、生活費はアルバイトで稼いで。そういった事情をひとしきり聴いた後、高橋がパンと手を叩いた。

「小夏ちゃん、湊川で就職したいんでしょ？」

「はい、絶賛就活中です」

「というわけで菊池君、就活の極意を小夏ちゃんに教えてあげて」

「え？」菊池は赤ワインを吹き出しそうになった。「極意も何も、地検の採用試験を受けて通っただけですよ。一般企業は受けてないんで」

しどろもどろに言うと、高橋と小夏は顔を見合わせ、声を上げて笑った。

小夏が就職活動で湊川市に戻るたび、高橋抜きで会うようになった。会話も合ったし、長い黒髪に細面の容姿も好みだった。何よりも、けなげな内面に惹かれた。初めて二人だけ会った際、一気に引き込まれたと言ってもいい。

菊池はその日、山っかわの老舗洋菓子店『高山《たかやま》』のシュークリームを手土産に、小夏との待ち合わせ場所のＪＲ湊川駅に向かった。名物の大きなシュークリームを菊池も久しぶりに食べたかったのだ。こういう機会がないと、男一人ではなかなか洋菓子店に入れない。

高山の紙袋を見た途端、小夏は目を見開いた。湊川港に隣接した公園に移動し、ベンチでシュークリームを食べようとした時にはその瞳から涙がこぼれ落ちていた。

「これ、母が好きだったんです。命日には毎年仏壇に供えてます。……これも菊池さんとの縁なんでしょうね」

その大きなシュークリームを食べた後、小夏はしばらく無言で海を眺めていた。菊池も声をかけなかった。遠くを大型船が走り、護岸には絶えず波が打ち寄せ、うら悲しい汽笛が聞こえたかと思えば、カモメが騒がしく鳴いた。

不意に小夏が伏し目がちに菊池の方を向いた。

「今から湊川動物園に行って、観覧車とメリーゴーラウンドに乗りませんか。母との思い出の場所なんです。今までは乗りたくても、目の前にしたら泣き崩れちゃいそうで乗ってなかったんです。菊池さんとなら平気な気がします」

湊川動物園には小さな遊園コーナーがある。菊池は湊川市から電車で一時間ほど離れた農村部出身だ。子どもの頃は母と二人でよく湊川動物園に赴いた。

「行こう」

菊池は小夏の手をとって立ち上がった。

観覧車とメリーゴーラウンドに乗った小夏は、笑っているのに泣いているようなはしゃぎようだった。菊池はその姿を見た途端、胸が締めつけられた。一人で生き抜いてきた小夏のこれまでの時間が、現実感とともに迫ってきたのだ。

何度かデートを重ねた後、小夏は初めて菊池の部屋にやってきた。菊池の食生活がろくなものじゃないと知り、いてもたってもいられなくなったのだという。調味料や食材を持参した小夏は腕まくりし、キッチンに一目散に向かった。まずは鰹節《かつおぶし》と昆布で出汁《だし》をとり、続いて甘めの九州の醤油《しょうゆ》を加えて味を調える。その出汁をたっぷり染み込ませたタマネギ、柔らかめに煮た鶏肉、とろとろの玉子。仕上げは粉山椒《こなざんしょう》を三振りと、三つ葉を少々。手際よく完成したのは、見事な親子丼だった。日々コンビニのおにぎりやサンドイッチばかりだった菊池の胃に、その味は染み渡った。

「大人の味だね」

「母から教わった唯一の料理なんです。子どもだって小さいうちから大人の味を憶えておいた方がいいって。忘れないように毎月一回は作ります。母との絆を一番感じられるので」

食後、小夏は出汁をとった後の鰹節を布巾に包むと、絞って水分をとり、昆布も細かく刻んで鍋に入れ、カレーのルーに溶かした。その光景を見た時、菊池は驚いた。自分の母親もまったく同じことをしていたのだ。

小夏がくるっと振り返ってきた。

「こうすれば、せっかくの食材が無駄にならないし、食費も少し節約できます。カレーもおいしくなる。一石三鳥。ん？　どうかしました？」

「いや、ウチの母親もそれと同じ方法で再利用してたんだ。ウチのオヤジは単身赴任を繰り返して、毎月一回自宅に戻れるかどうかでね。母は料理自慢で、父が帰宅する度に腕を振るったんだ。その一つが『出汁後カレー』でさ」

小夏が目を丸くした。

「奇遇ですね」

「本当にね。この節約レシピもお母さんに教わったの」

「まさか。もったいない精神。私、小さい頃からお金がないので」

母には父がいた。

小夏には誰もいない。

菊池は眉根に力が入った。小夏の傍にいて、できる限り支えたい——。

この日、菊池が告白して二人は付き合い始めた。数ヵ月後、小夏は湊川市内の海運会社「湊川海運」から内定をもらった。

時折小さな喧嘩はしたが、交際自体は順調に進み、三年後、菊池は自分の部屋でプロポーズした。数秒後、小夏は難しい顔つきになった。

「実は、話してないことがある」

小夏は吉村家との関係を粛然とした口調で語った。裁判では明らかになっていないが、母親を刺した犯人は吉村の手先だったのでは——という疑いも明かしてくれた。そして、小夏が吉村家に復讐《ふくしゅう》しようとしている計画も。

ゆくゆくは秋元法律事務所に入って吉村の弱みを摑み、国政の場から引きずり下ろすのだ――と。

お母さんの一件もあるし、吉村の事務所には直接潜り込めそうもないからね。小夏は残念そうに首を振った。吉村と秋元の間柄については、とりとめもないおしゃべりを高橋としていた時に知ったそうだ。高橋が一言だけ触れたことがあったのだという。小夏は就職活動でも、吉村に関係が深い企業ばかりを受けていた。政治資金収支報告書を読み込み、献金企業を洗い出したそうだ。その一つが湊川海運だった。

菊池は地検職員として、遺族が犯人に強い憎しみを抱く場面を多く見てきた。しかし、人生をかけて復讐に及ぶまでの憎しみを目にした経験はなかった。

「どうしてそこまで……」

「お母さんは、私の背中に覆いかぶさって死んでいった。耳元でお母さんの息が止まった瞬間は絶対に忘れられない。ケリがつくまでは結婚できない」

小夏は決然と言い切った。

「高橋さんは知ってるのか」

「言えるわけないでしょ」

「……だよな」

「私の復讐を否定しないんだね」

「当事者の気持ちは当事者にしかわからないだろ。もしも小夏の立場なら、きっと同じ心境に至ったよ」

「亮、優しいね」

優しい――。小夏に言われるのは初めてだ。自分たちは甘い愛の囁きや褒め合いとは無縁のカップルだった。

菊池は小夏を見つめ直した。

「ウチの母の話を憶えてる？」

「もちろん」

小夏は言下に返してきた。菊池は静かに話を継いだ。

「小さかった俺の前でも、親戚や近所の人たちはよく母に、『何でも一人でしなきゃいけないし、夫選びに失敗したんじゃないの』としたり顔で言ってたんだ。俺はそのたびに嫌な気分になったけど、母は笑い飛ばしてた。『したいと思った時は、そのまま突っ走ればいいんだよ。帳尻合わせの計算なんて死ぬ間際にすりゃいいんだから』って」

「恰好《かっこう》いいお母さんだね」

小夏は目元をかすかに緩め、しみじみとした口ぶりだった。

「もう一つ母の口癖がある。母は『あんたは優しすぎるんだよ』ともよく周りに言われてた。連中がいなくなると、俺に片目を瞑ってきた。『優しくて何が悪い』ってね」

優しさをせせら嗤《わら》う輩と子供の頃から接してきたためだろう。『お前は優しいな』と言われると、菊池は反射的に本心との間に壁を作ってきた。『そんなんじゃない、スリルを求めてるだけだ』と否定してきたのだ。例えば公判部時代、妊娠中の同僚の代わりに検事の罵声を浴びた後は『烈火のごとく怒る人間に反抗する時の緊張感がたまらない』と嘯き、子どもが病気なのに仕事が溜まって帰れない職員を、己の仕事を後回しにして手伝った時は『仕事が間に合うのかどうかの切迫感を味わいたいんだ』と言い放った。

優しい。いま、菊池はその一言を素直に受け止められていた。小夏だからこそ、抵抗がない。小夏にとって特別な存在になりたいのだ。菊池の母にとっての父のように……いや、それ以上の存在になりたい。一人で生き抜いてきた小夏を間近で支えたい。自分のそばに誰かがいる安心感をずっと持っていてほしい。だったら、腹を割って話さないといけない。こうして母の口癖を誰かに話すのも初めてだ。普通ならマザコンというレッテルを貼られかねない。単に尊敬できる人物が坂本龍馬《さかもとりょうま》や徳川家康《とくがわいえやす》ではなく、自分の場合は母だったというだけなのに。

「ほんと、亮のお母さんって恰好いいね」

小夏は微笑んだ。

菊池は確信した。小夏となら、優しさを蔑まれた時も『それの何が悪い』と相手に言い返せるだろう。自分が小夏の復讐の力になれるかどうかは漠としている。けれど、寄り添うことならできる。


そして五年前、小夏は鋭い眼差しで言った。

「採用だってさ。これで春から秋元法律事務所に事務員として、とうとう潜り込める」

「向こうは小夏の素性を把握してないのか」

「いや、知ってる」

「よく採用されたな」

「湊川海運で吉村側とやりとりする社員に、転職話を通してもらったの。向こうは、私が吉村をずっと憎んでる――だなんて想像もしてないんだよ」

秋元法律事務所は法を尊ぶ精神とは無縁で、いかに相手を打ちのめすかという戦略に終始する。湊川地検にとって、求刑を大きく下回る判決――『問題判決』を連発される最大の敵とも言えた。地検もてこずるような曲者《くせもの》揃いの組織に入り、小夏は一人でやっていけるのか？　あっさり返り討ちに遭わないか？　仕事中も頭を悩ませていると、一つの解決策が浮かんだ。

自分も秋元法律事務所に入ってしまえばいい、秋元も湊川地検の内情に通じる人間がほしいはずだ、と。腕にも自信があった。そこら辺の事務官や検事は目じゃない。

地検に不満があるので、そっちに入りたい――と菊池はひそかに秋元法律事務所に近づいた。小夏には相談しなかった。どうせ反対されるからだ。三ヵ月もの間、何本かの公判で地検側の手の内を流して本気度も示した。ようやく事務所から承諾を得て、上司だった伊勢に退職の意思を告げた。

伊勢は平板な声で質してきた。

「ひょっとして、菊池さんも秋元に行くのですか」

菊池は絶句した。数秒後、ようやく口を開けた。

「私も、とは？」

「北原さんとのご関係で推測しました」

菊池は再び絶句した。伊勢が口元を心持ち引き締める。

「彼女に、菊池さんとお付き合いしていると教えてもらってましたので。彼女は秋元法律事務所に転職されるんですよね」

小夏は、自分との交際を伊勢に話していた？　どうして小夏は黙っていたのだろう。

「それは私も秋元に行くと見抜いた理由にはなりませんが」

「ここ数ヵ月、地検の捜査情報が秋元側に漏れている節があり、誰かが流していると考えるしかありません。あれは菊池さんが本気度を表す手段だったのでは？」

さすが次席検事の懐刀。些細な現実を結び合わせ、正確な絵を描けるのだ。

「小夏と伊勢さんとは、どういう関係なんです？」

「北原さんがまだ中学生の頃、高橋さんを通じて知り合いました。私と北原さんは似た境遇でしてね。私の場合、検事だった父が先代の吉村を調べていた最中、母が交通事故で亡くなってます。また、私が吉村泰二の捜査に関わった際には、妹一家も交通事故で失いました」

小夏だけでなく、この伊勢も凄愴《せいそう》な半生を過ごしていたのか。

「高橋さんは、伊勢さんの過去も知ってるんでしょうか」

「ご存じです」伊勢は素っ気なく認めた。「北原さんが秋元に入ると聞いた時は驚きましたし、止めもしました。でも彼女の決意は固かった」

伊勢の顔にふっと翳が落ちた。

「これまでも彼女が湊川海運で得た吉村絡みの情報を、地検に流してもらったことがあります。これもご存じないですよね」

「……ええ」

「彼女が私との関係を菊池さんに話していなかったのは、菊池さんを巻き込まないための心遣いでしょう」

これまで何人もの検事に仕えてきて、菊池は自分の頭脳も度胸も彼らに引けを取らないと自負してきた。そんな自分をもってしても、伊勢と小夏には勝てそうもない。特に小夏は、最も身近にいるこの自分が見破れない腹芸をやすやすとこなすのだ。こちらは腹を割っているのだから、その淋《さみ》しさはある。もっとも、小夏がそんな振る舞いをするのは吉村一家のせいだ。菊池は吉村家への憎しみが強まってきた。

「伊勢さんが焚《た》きつけたんじゃないですよね」

「まさか。吉村家を相手にするのは危険です。私は誰よりそれを知ってます」伊勢は厳然たる面つきだった。「菊池さんは本当にそこまでの覚悟がおありですか」

「はい」

躊躇もなく菊池が言い切ると、伊勢は細い息を吐いた。

「秋元は、優しさが通じる相手ではないですよ。菊池さんの優しさは武器になる反面、付け入られる隙にもなりかねません。向こうは、菊池さんの行動パターンをとっくに調べてるでしょう。妊娠中の同僚の代わりに罵声を浴びたり、お子さんが病気なのに仕事が溜まって帰れない職員を手伝ったり。他にも優しさが発露した例はある」

優しさ――。

「小夏と私の母親の話をしましたか」

いいえ、と伊勢の返答は簡潔だった。小夏は伊勢に生活の全てを話しているわけではないし、伊勢も探り出していないのだ。

菊池はその場で一礼した。

「今のご指摘で、秋元に対する心構えを新たにできました。優しさに付け込まれないよう、用心します」

「なぜそこまで？」

小夏が特別な存在だからですよ。吉村が許せないからですよ。帳尻合わせの計算なんて死ぬ間際にすればいいからですよ。それに。

優しくて何が悪いんですか――。

菊池は一呼吸置いた。

「私事ですので、ここで話すつもりはありません」

「そうですか、了解しました」

それから二人は、菊池が秋元法律事務所に溶け込めるべく手を打った。内通者を突き止めるよう、菊池は伊勢に指示されたものの達成できず、地検支部に飛ばされた、そして転職した――ように見せかけたのだ。

エスのエス。

先輩が図らずも口にした一言は、まさしく自分の実像だ。秋元に入って以降、折々、菊池は小夏の分も伊勢に情報を流している。

＊

菊池は小夏が注いでくれたビールを一息に飲み干し、線状の泡跡が内側についたグラスをテーブルにゆっくりと置いた。

「動きづらくなりそうだな」

「気をつけてね。一番怪しまれるのは、前歴からして亮だよ」

菊池が庶務係に潜り込めたのは、小夏の口利きがあったからだ。さもなければ、一般事務を行う部署に回されただろう。

「了解。火事で死にかけたジャスミンってフィリピン人について、伊勢さんに何か知らせたか？海外との窓口だったらしい」

「……へえ。そんな役割の人もいるんだね」

「なら、折を見て伝えておくよ。そうそう、四階の金庫には何が入ってたんだ？　停電の時、ボスが気にしてたんだろ」

「ああ、それ。よく調べられなかった」小夏は眉を寄せた。「ボスが近くにいてさ。だから亮には言ってなかったんだよね。あの様子を見ると、その書類、吉村の致命傷になりそう」

「見たいな」

「だね」と小夏はビールをぐびりと飲む。

「停電の時、どうやって開けたんだ？」

「ダイヤルロック式の部分で暗証番号を合わせれば開くの」

「ふうん。例の件の方は？」

「状況は変わらず。直参の動静を見てると、まだ東京にいるみたい。具体的な場所は定かじゃないままだけど」

小夏はさらりと言った。四階には様々な裏情報が集まってくる。

「そっちも俺の方から言っておくよ」

「よろしく」

テレビでは、赤道付近で発生した大型台風が日本に向かってきている、と気象予報士がしかつめらしく説明していた。

2

ドアをノックしても返事はなく、無機質な病院の廊下で一瞬菊池は立ちすくんだ。……看護師の了解は得ている。ためらう必要はない。

ドアノブをしっかりと握り、ドアをしずしずと開けた。

分厚いガラスがあちらとこちらを隔てていた。あちら側の集中治療室の中央にベッドが置かれ、腕に何本もの管をつけられた久保が寝ている。窓はなく、久保は夏の強烈な陽射しを浴びることもない。菊池は買ってきた花束を、隣の面会者用待合室の腰高なサイドテーブルに置いてきた。患者をガラスの仕切り板越しに見守れるこの小部屋に持ち込んでいいのかも、花瓶がどこにあるのかもわからなかったのだ。花束を買うなんて人生で初めてだった。見舞いに手ぶらというのも気が引けたのだが、果物や菓子類は今の久保には不要だろう。

菊池は仕切り板の手前にあるパイプ椅子に、浅く腰かけた。

意識不明。その久保の顔を見やる。

無表情だ。約一週間前、県民公園で久保と交わしたやり取りを反芻する。美美について訊ねてきた久保に、菊池は身辺に気を配れと注意した。久保の性格なら、警告を一笑に付したとは思えない。ジャスミンの役割の核心に迫ったので、久保は襲われたのだ。迫られた以上、ジャスミンも狙われた。いずれも他人事ではない。自分や小夏の目論見が露見すれば、どんな末路を辿るのかは明白だ。

清潔なニオイ——消毒液のそれで小部屋は満ちていた。

椅子の背もたれにそっと体を預けた。訪れてみたはいいが、心の中でかける言葉も見つからない。久保のためにも吉村を失脚させたい。その糸口になるかもしれない、金庫の書類——。どうやれば見られるだろうか。見当もつかないのが正直な心境だ。

ドアがノックされた。どうぞ、と自分が言うのも妙なので黙っていると、ドアが滑らかに開いた。

「ああ、やっぱり、菊池君だ」

気持ちのいい笑顔をみせたのは、高橋だった。ご無沙汰してます、と菊池は頭を下げた。

「ほら、お見舞いの台帳を見たの」高橋が後ろ手でドアを閉める。「待合室の花は菊池君？」

「ああ、はい」

「後で活けとかないとね。無粋な菊池君には無理でしょ」

菊池は苦笑を返すしかなかった。

「お茶、淹《い》れよっか。梅林庵の豆大福、好きだったよね」

懐かしかった。地検を離れて以来、菊池は梅林庵の豆大福を口にしていない。菊池の返事も聞かず、高橋はいそいそと小部屋を出ていく。

「高橋さんは相変わらずですね」

仕切り板越しに語りかけてみるも、ここからでは久保に声は届かない。届いても久保の表情は微塵も動かないのだろう。菊池はやるせなかった。

ほどなく高橋が戻ってきて、隣の待合室に移動した。棚から湯呑《ゆのみ》を手に取り、急須のお茶を注いでくれた。笹の包みをほどき、豆大福を出してくる。

「さ、食べて食べて。小夏ちゃんは元気？　秋元さんのとこに行ってってから、会わなくなったからさ。裁判所にも来てないでしょ」

高橋は湊川地検特別刑事部の元検事、小野《おの》が開いた弁護士事務所に転職している。たびたび裁判所に出向く用事もあるのだろう。一方、小夏が裁判所に出向くケースはまずない。

「小夏は元気ですよ」菊池は豆大福を手に取った。「いただきます」

豆のしょっぱさとアンコの甘さ、柔らかい餅《もち》部分のバランスが絶妙だ。

「地検にしてみると、秋元さんの事務所は宿敵といっていい関係でしょ。お見舞いに来ていいの？　だいたい忙しいだろうに」

「久保さんにはお世話になったので。昼休みを利用して来たんです」

「へえ、いい心がけね。空き時間を有効に利用できるなんて、すっかりデキる社会人になっちゃって」

「参りますね」菊池は肩をすくめた。「高橋さんこそ、お時間があったんですか」

小野法律事務所は小野と高橋のほか、若手弁護士が一人いるだけだ。小野も若手弁護士も案件を多く抱えているだろう。高橋が事務所を空けるのは、かなり痛手のはず。

「私？　私は毎日来てるから。久保君は独身だし、親兄弟といった身内の方もいないでしょ。一人じゃ寂しいだろうしさ」

「地検の職員は来てないんですか」

「最初はいたけど、今はもう来てないよ。本部係検事付の事務官でもないと、日中は抜け出せないもんね。だから伊勢君も私に頼んできたんじゃないかな」

「え？　伊勢さんと久保さんって仲いいんですか」

「そう、古い仲。ま、私は頼まれなくても折々来たけどね」高橋が一瞬、遠い目をした。「うちのボスもそういう点は理解があるし」

不意に、伊勢の孤独に胸を衝かれた。久保は、自分――この菊池亮が伊勢のエスである事実を知らなかった。知っていれば、県民公園でもっと突っ込んだ話をしてきただろう。自分から言うわけにもいかなかった。伊勢が黙っているのなら、それなりの意図がある。自分が口に出した結果、伊勢の思惑をぶち壊しかねない。

古い仲間にも全てを明かせない伊勢。その胸の内を推し量るのは困難だ。

ドアが穏やかにノックされ、どうぞ、と高橋が朗らかに応じる。

姿を見せたのは、当の伊勢だった。

「噂をすれば何とやら」と高橋が含み笑いを浮かべる。

「噂？　私の？」

「そう。もう一杯、お茶を淹れないとね。さっき、ちょうどポットのお湯がなくなっちゃったから、もらってくる」

高橋がポットを持ってそそくさと待合室を出ていき、菊池は伊勢に目礼した。この場面を事務所や吉村側の者に見られると面倒だ。ただ伊勢と鉢合わせするケースを想定しなかったのは自分のミス。こうなった以上はどうしようもない。

伊勢が隣のパイプ椅子に腰を下ろした。

「顔を合わせるのは久しぶりですね」

伊勢は抑揚のない声だった。真夏でもしっかりスーツを着こなしているのに、恬然《てんぜん》としていて暑そうな素振りはない。

「ええ、私が地検を辞めて以来になります」

吉村の実兄や後援会幹部の暗部など、菊池は伊勢に仔細を流してきた。しかし接触することはもちろん、携帯やパソコンのメールでのやりとりもしてこなかった。接触すれば誰かに見られかねないし、吉村側がひそかに携帯電話会社やプロバイダーに手を回して、地検側の人間の通信記録を照会する恐れもある。そこで封書を使ってきた。菊池の手元には何も残らない。

「久保さんはご存じなかったんですよね」菊池はドアをちらりと見た。ひと気がないのを確認し、さらに声も落とす。「私の役目を」

「ええ。北原さんと菊池さんの身を案じると誰にも言えません」

「伊勢さんは、久保さんと仲が良かったのでは？」

「確かに古い仲です。同志と言えばいいのかな。それでも話せないことや、話さない方がいいこともあります。話せば、菊池さんたちとの接触も自分がやる、と聞かなかったでしょうし」伊勢がすっと目を伏せた。「なのに、こんな事態になるなんて……」

伊勢が弱音を吐くとは——。その心模様に初めて触れた気がした。いくら伊勢でも、何もかもが思い通りに進むはずがない。冷静な面貌こそ崩れていないが、この男だって人間なのだ。ポーカーフェイスの仮面をかぶっているのだろう。あるいはかぶり続けた仮面が皮膚になってしまったのか。

伊勢が視線を上げてきた。

「久保さんは菊池さんと会うとおっしゃってました。実際に会ったんですか」

「はい」

久保は伊勢にその時のやり取りを話していなかったらしい。菊池も事務所の人間に久保と会ったことは言っていない。知っているのは小夏だけだ。

菊池は顎を引いた。

「久保さんはバッジの件で動いてたんですよね」

「私は何も頼んでません」

久保は現在、特別刑事部の事務官だ。特刑が吉村を狙い、ジャスミンに行き着いたのだろう。伊勢は明言しないが、物言いでそう示してきている。自分のエス相手にすら、地検内の捜査に関しては口外しないという強い意志の表れだ。

菊池は顔を伊勢に寄せ、小声を発した。

「手紙で送ろうと考えてましたが、口頭でお伝えします。例の件、まだ東京にいるようです。東京のどこかは特定できていません」

伊勢からの依頼だった。吉村側を巡る疑惑で、証人として呼んでいたホステス二人が姿を消した、二人は吉村側にとって都合の悪い情報を持っている可能性があるので、その行先を割れないか——と。依頼は久保と会う前だった。県民公園で久保と会った際、行きもしない東京出張を持ち出し、それとなく仄めかした。久保はどう受け取ったのだろう。

「そうですか。ありがとうございます。こっちも色々当たってみます」

「先日、海っかわのフィリピンパブ『美美』が火事になりました。そこはバッジの海外密航窓口だったそうです。女主人は意識不明の重体」

伊勢は小さく頷いた。すでに耳にしていたようだ。

「それと、バッジの致命傷に繋がる書類がウチの事務所の金庫にあるようです。久保さんのためにも探ってみます」

伊勢が瞬きを止めた。

「菊池さんも北原さんも、くれぐれも無理はされないように」

やはり、久保の件がこたえているらしい。

「気をつけます」

緩やかにドアが開き、お待たせ、と高橋が戻ってきた。


午後七時を過ぎると、庶務係の専用部屋には今日も先輩と菊池だけになった。先輩がキーボードを打つ手を止めた。

「お前、今日、市民病院に行ったか」

「ええ、昼休みに。例の地検職員を見舞ってきました」

とぼけても仕方がない。吉村の手は市民病院にも伸びているのか。伊勢がやってきたのも把握している？

「容態を探ってきました。直参も知りたがってるので。昔の同期に電話を入れれば勘繰られますし、地検は病院に探りの電話を入れる人間をチェックしてるでしょう。だったら個人的関係を前面に出して訪問すればいいかと」

「策士だな」

「そんな、滅相もない」

胸の内で、伊勢と小夏には負けますのでと付け加えた。

先輩は病院に伊勢が来た件を指摘してこない。摑んでいないのか、わざと口に出さないのか。……こちらから言う必要はない。伊勢との接触を把握されている場合、地検側がいきなり失踪したホステスを東京で発見すれば自分は疑われるだろうが、その心配はない。東京は広く、人も多い。ピンポイントで見つけられるはずがない。

先輩がパソコン作業に戻ったので、菊池もそうした。金庫の書類をどうやれば見られるのか。キーボードを打ちながら、思案を巡らせた。

3

控えめなノックがあり、専用部屋のドアが静かに開いた。

「失礼します」

小夏が神妙な面持ちで入ってきた。その傍らには直参の一人もいる。ヤメ検で、秋元の右腕だ。この男は針金のように顔も体も細いわりに、肝は人一倍太いという噂だった。

「菊池君、ちょっと来てくれ」

直参が親指を振った。小夏は表情を変えない。一体、何の用だ？　菊池は二人に続き、五階に上がった。このフロアに来るのは、五年前の面接時以来だった。狭い廊下を進み、小夏が鉄製のドアをノックして開ける。

黒革張りのソファーセットには秋元がいた。久しぶりにその顔を見た。

立派な口ひげを蓄え、最近剃り上げた頭は電灯で見事に光っている。毎朝、手ぬぐいで頭を磨き上げているらしい。目つきはこちらを値踏みするようだった。でっぷりした体を包むダブルの濃紺スーツも厳めしい。その秋元の隣には見慣れない色白の女性がいる。秋元と同じ年代、六十歳前後か。飾り気のない黒いパンツスーツという装いで、大ぶりの眼鏡の奥には切れ長の冷たい眼がある。誰だろうか。

「所長、連れてきました」と直参が言った。

「ご苦労さん」秋元は口ひげを撫《な》でた。「菊池君、座ってくれ」

促されるまま菊池は秋元の正面に座り、隣には直参が腰かけてきた。小夏は壁際に立っている。

「忙しいのに悪いな」秋元は言葉とは裏腹、そう思っている気配はまるでない。「君に地検について訊きたくてね」

「何でしょうか」

「総務課長の伊勢って奴を知ってるだろ？　君は総務課だったんだ。どんな男だ？　歴代の次席検事の懐刀というのは耳にしてるが、実態がよく見えなくてね」

用事はそれか。呼び出しの合点がいった。

菊池は、歴代の次席検事が伊勢に挨拶に来た「お伊勢参り」の有様や、職員に的確な指示を飛ばす点、時には量刑の相談にも乗っている節があるなど、当たり障りのない範囲で簡潔に述べていく。その間、秋元は眠たそうに耳を傾け、隣の女性は眉ひとつ動かさなかった。話し終えると、秋元が重々しく腕を組んだ。

「君は地検にいた際、伊勢に睨まれていた。それで地検にいても先が見込めないので、ウチに来た——そうだったな」

「おっしゃる通りです」

秋元の隣の女性は石膏《せっこう》の像よろしく瞬きすらしない。

「有意義な情報を取ってくるし、今後も期待してるよ」

「ありがとうございます」

「ここ一年で吉村先生の実兄や後援会幹部、直近では湊川市の助役らが逮捕されてるのは知っての通りだ。そこに伊勢が絡んでそうかね」

直球だな、と菊池は腹に力を込めた。

「実際のところは判然としませんが、伊勢が動くとすれば、外部の私に悟られるような真似はしないでしょう」

「あなたが持っている地検の情報源は誰？」

これまで黙っていた女性が唐突に口を開いた。菊池はその冷たい眼を見据える。

「私の存在価値に関わりますので、お答えできません。ただ私がもたらす情報が正確なのは、所長もご存じの通りです」

「見ず知らずの人間の問いかけに、口を割る間抜けではないのね」

女性は無表情のまま秋元を見た。秋元が満足そうに会話を引き取る。

「伊勢が絡んでいるとすれば厄介かね？」

「はい」

「彼に弱みはないのか」

「私が知る限りは特に」

「女、金、ギャンブル、家族。何でもいいのよ」

女性が淡々と割り込んでくる。

家族――。やり口が暴力団じみている。この女、何者だ？

「いえ」と菊池は短く応じた。

「伊勢はかつて母と、妹一家を別の交通事故で失ってます。父は佐賀県に在住です」

直参がいつになく折り目正しく言った。

「別の事故？」女性が右の眉だけを器用に動かす。「よほど運が悪い家族なんでしょう。ん？伊勢……」

女性が何かに気づいたように手を軽く打った。

「昔、そういう名前の検事がいた。違う？」

もう湊川地検でも、伊勢の父親が検事だった事実を知る者はほとんどいない。菊池は女の正体がますます気になってきた。

「ええ。あの検事の息子ですよ」と秋元が事務的に言った。

女性は眼鏡の縁を一度持ち上げてから、菊池を凝視してきた。

「あなた、正義についてどんな意見を持ってる？」

なんだ、突然？　……ここで嘘を言ったり、取り繕《つくろ》ったりしても仕方がない。率直に述べるまでだ。自分の所懐《しょかい》と齟齬《そご》が生じる事柄は少ない方がいい。小さな綻《ほころ》びから不審感を抱かれかねない。

菊池は居住まいを正し、口を開いた。

「所詮、勝者の思考が如実に反映された私見——ではないでしょうか。だからこそ、時代や場所によって異なる」

「じゃあ、政治とは？」

「先ほどの正義と勝者の関係にも通じますが、自分たちにとって都合のいい仕組みを、いかに作れるかを勝負する場でしょう。そこに正義うんぬんは関係ありません。正義の理屈なんて、後からもっともらしく付け足せばいい。正義は絶対的ではなく、私的なものなんです」

「随分と辛辣《しんらつ》ね」

「そうでしょうか」

いつからか芽生えた見解だった。

吉村が小夏の母親や伊勢一家に手を下した証拠はないが、ほぼ間違いない。久保やジャスミンを排除しようとしたやり口もある。その吉村を力で駆逐するのもやむを得ないだろう。ただし、正義に清らかさや絶対性を求めれば、吉村を謀略にかけることも断じて認められなくなる。つまり、自分や小夏の行為は絶対的な正義とは相容れない。だが、吉村家の理不尽が許されていいいはずがないのだ。吉村家は小夏の人生を狂わせたのだから。

別に、自分なりの〝正義の味方〟になりたいのではない。正義を絶対視する連中は自分が見たい景色しか見ていない、あるいは見たい景色だけを見られる、そんな恵まれた環境にいるだけだ。現実に目を瞑ったままでいるだけとも言える。どちらにしろ足元が見えていない。そうやって問題を先送りしていくうち、やがて手遅れになる——。

十秒近くの沈黙があった。

「この方でよろしいかと」

女性が秋元に目配せした。

秋元がゆっくりと頷きかけてくる。

「伊勢の弱みを探ってくれ」

「承知しました」

秋元直々の指示には諾するしかない。

「地検の一職員ごとき、さっさと叩き潰さないとね」

女性は険しい語気で、秋元も直参も真顔で聞いている。

「あなた」と女性が壁際の小夏に視線を振った。「四階に置いてきた私の荷物を一階まで下ろしておいて」

かしこまりました、と小夏は秋元の執務室をきびきびと出ていく。女性はやおら秋元に語りかけた。

「あのコには気を許さないでね」

女性のきつい口調は揺るぎなく、菊池は背筋がひやりとした。小夏の本心がばれているのか？

「彼女は今では優秀な秘書ですよ。吉村先生への恨みも感じさせません」と秋元は慇懃《いんぎん》に返した。

「でも、ジャスミンみたいな手は打ってないんでしょ」

秋元は菊池を一瞥してくると、慎重な声音で応じた。

「ええ。私が知る限りは」

「ご苦労さん、もう君はいいぞ」

直参に無愛想に言われ、菊池は一人で部屋を出ると、ドアを丁寧に閉めた。……誰も追って出てこない。ドアに耳をそっとつける。防音処置を施しているわけではないので、話し声が漏れ聞こえてくる望みもある。こんなチャンスは滅多にない。

「きゅ……んは……きゅ……の件だけど」

女が明らかに前半部分の声を落として問いかけた時、階下から足音が上がってきた。

菊池はドアから耳を離し、何食わぬ顔で階段を下りていった。

「あれは須黒清美《すぐろきよみ》さん。湊川の皇后」

小夏が平坦に言った。二日連続、菊池のマンションにやってきている。女の正体などを確かめるため、菊池が呼んだのだ。

あの女か——。須黒の名前は菊池も知っていた。吉村の秘書で、普段は東京にいるため、これまで会ったことも見かけたこともなかった。来週末、吉村が湊川にお国入りする際の下準備に来て、秋元法律事務所にも立ち寄ったのだという。吉村の実兄の弁護状況を確認するためでもあったらしい。須黒は先代の吉村正親にも仕え、地元の陳情やどの店で何を買うかといった細かな事柄まで、東京からいちいち差配しているそうだ。

吉村先生を動かすには、まず須黒秘書を動かせ。

県議や地元経済人の間では、そう言われている。結果、湊川の皇后という異名が轟いているのだ。

その須黒が、小夏に注意するよう秋元に言った件を伝えた。

「あの人、前から私に厳しいよ」

「小夏の内心を見抜いてるのかな」

皇后は魑魅魍魎《ちみもうりょう》が蠢《うごめ》く政界に長年身を置き、連中と伍してきたのだ。そばにいる人間も見抜けない腹芸をやすやすとこなす小夏の能力を、肌感覚で察知しても不思議ではない。

「どうかな。っていうより、お母さんとの関係があるからだろうね。皇后も先代の愛人だったたって話があるし」

「まじ？　吉村って何人の愛人がいたんだよ」

「さあ。昭和の政治家で吉村クラスなら五人から十人ってとこでしょ」

「すげえな。ジャスミンみたいな手ってのは、どんな意味だろう」

小夏は思案顔でビールを一口含み、おもむろに口を開いた。

「ジャスミンの母親も愛人だったとか」

「ありうるな。だとするとジャスミンは何か因果を含められ、吉村に協力していた。挙げ句、火を放たれた」

「ひどい話」

小夏が口を尖らせる。

「まったくだ」菊池は声を落とした。「きゅ……んは……きゅ……」

「ん？　なに？」

「なんて聞こえた？」

「杞憂はきゅ……キュウリ？　チュンはキュン？　なにこれ」

四階にいる小夏なら何らかの情報と結びつくかもしれないと試してみたが、収穫はなかったか。菊池は、皇后が発した問いかけの断片について話した。

しばらく唸り、小夏は両手を上げた。

「だめ。お手上げ」

菊池も天井を仰ぐしかなかった。

小夏が、えっ、と声を発する。

「うそでしょ。明後日から明々後日にかけて台風直撃だってさ」

午後十一時過ぎのテレビでは天気予報が流れていた。明後日の夜、湊川付近に台風が直撃すると報じている。

「明後日は秋元たちと東京出張なんだよね。戻って来られないかも」

この三ヵ月ほど、小夏は二週間に一度は東京に出張している。秋元や直参のお供として。秋元や直参は吉村と色々な話し合いをしているらしい。

「泊ってくればいいさ。経費の心配はないんだろ」

「だね。使いまくってくるよ」と小夏は悪戯っぽく笑った。

「金と言えば、金庫の暗証番号を教えてほしいんだ」

「別にいいけど、亮には近づくチャンスがなくない？」

「それはどうかな。四階に近づくいい口実ができたんだ。伊勢さんの弱みを探る件で、報告に行く機会が増える」

小夏は金庫の暗証番号を言うと、首をわずかに傾げた。

「その弱みを探る件、どうするの？」

「どうするかな」

自分が伊勢のエスだからといって、動かないわけにはいくまい。

4

菊池は店内をぐるりと見回した。この居酒屋『七平《しちへい》』は四人掛けのテーブル席が三つ、カウンター席が十席と、こぢんまりしている。切り盛りする大将と女将の白髪が増えた以外、料理の味も厨房の後ろにずらりと飾られた古伊万里も、何も変わっていない。

店は繁華街から多少離れた、山っかわの住宅街にある。そのため、湊川地検関係者が訪れる心配はない。秋元法律事務所の職員もまず来ないだろう。

「ここに来るのは五年ぶりだ」

「菊池が辞めるからだろ」

三好正一はたしなめるような物言いだった。湊川地検では菊池の同期で、最も親しかった。現在は総務課にいる。二人で『七平』にはよく来たものだ。今日は店の奥にある、テーブル席で対座していた。

「会うのも五年ぶりだな」と菊池は冷酒を三好の猪口《ちょこ》に注いだ。

「地検にとっちゃ、秋元は宿敵だからな」

「誘っといてなんだが、敵と会っていいのかよ」

「俺にも思うところはある」三好は一口冷酒を舐《な》めると、猪口をテーブルに置き、口元を緩めた。「どういう風の吹き回しだ？　五年も音沙汰なかったくせに」

菊池は昼間、三好に携帯電話で誘いのメールを送信した。いつもの店で久しぶりに飲まないか――と。了解。ほどなく短い返信があった。

秋元に伊勢の弱みを探すよう言いつけられたものの、本人に直当たりはできない。周囲から攻めている、と復命するためだった。いわば、三好と会ったのはアリバイ工作だ。

「リクルートだよ。ウチの事務所は優秀な人材を常に求めてる」

菊池は適当に言い繕った。

「秋元事務所に認められるとは光栄だな、ま、謹んでお断りするよ。地検を辞める気はない」

「そろそろ伊勢さんに嫌気がさす頃だろ」

「嫌気？　菊池ほどじゃないだろうな」

「伊勢さんは相変わらずなのか」

ああ、と三好はぞんざいに答えると、お通しのホウレンソウのお浸しを口に放り込んだ。

恋人ができたとかさ。ないな。家を買って借金をしてないか。ないな。知っている質問ばかりした後、菊池は肩をすぼめてみせた。

「地検を辞めて以来、時折こんな疑問が頭に浮かぶんだ。あの人――伊勢さんに弱点なんかあるのかなって」

「弱点ねえ」三好は深い声だった。「なんだろうな」

あるとすれば、絶対視されている点か。誰しも、全ての物事を完璧に進められるはずがない。

久保が倒れたのはその一例だ。

「伊勢さんに変わった様子はないのか」

「別にお前がいた頃と何も変わってねえよ。やけに伊勢さんにこだわるな」

「不満がありそうなら、スカウトできる」

「なるほど、一番の実力者を取り込もうって魂胆か。まあ、あの人なら定年まで地検を出ないだろうよ」

地検では、久保が襲われた動揺を微塵も見せていないらしい。

「ときに、小夏ちゃんとまだ結婚しないのか。ケジメってもんもあるだろ」

「形式にはこだわらない主義なんだよ」

「ふうん、その時は言えよ。ご祝儀はとっくに用意してるんだ。二人とも敵になる前に知り合ったんだしさ」

小夏と付き合った当初、三好にだけは紹介した。小夏が復讐を目論んでいるとは夢にも思わなかった頃だ。

それからしばらく三好の家族の話をした。一人娘はもう小学四年生だという。

「その娘が初めてハイハイした時に、たまたま家にいたって話はしたっけか？」

「いや、初耳だな」

「最近、当時抱いた感情が呼び起こされてさ。嬉しさとともに人間の在り方について考えたんだよ。こんな小さい頃に人間は這いつくばって進むんだから、大人になってもそれを厭うべきじゃないって」

「いつからそんな哲学者めいた性格になったんだ？」

「生まれつきさ」

あっけらかんと言うと三好は、そういやさ、と猪口の酒を一息に飲み干した。

「秋元には、東京と縁の深い職員がいるよな」

「どの程度の縁を言ってんだ？　東京の大学を出た人間なら弁護士にも職員にもいる。どうしてそんなことを聞くんだよ」

一拍の間があり、三好の上半身がいくらか前のめりになった。

「久保さんのメモに『東京？』と書き残されててな」

菊池は一瞬言葉に詰まった。仄めかした単語を、久保はきちんと受け止めていた。

——ウチにそっちの細胞がいるでしょ。

久保の質問は単刀直入で、至極もっともな疑問だった。菊池の退職以降も、秋元法律事務所は恒常的に地検筋の捜査機密を入手している。問題判決を頻繁に出せるのが何よりの証拠で、確実に秋元の細胞が地検にいる。しかし、小夏ともども吉村絡みの情報を流す役割に徹していたため、菊池には見当もつかず、せめてもの返答に消えたホステス二人の行方についての鍵を仄めかしたのだ。久保は、敵側相手に直球の質問を投げてきた。一人の人間としてこの菊池亮を高く信用しているのと、秋元――バッジへの強い対抗心ゆえだろう。応えないわけにはいかなかった。

久保の書き込みは捜査機密とも言える。三好が明かしたのはなぜだ？　仮に自分が三好の立場なら、どんな場合に機密事項を部外者に明かすだろう。

そうか――。

「俺が事務所で『地検が、東京と深い人間を気にしている』と報告すれば、その人間が動き出すかもしれない。だから俺に言ったんだな」

「さてね」三好が姿勢をもとに戻した。「好きに解釈してくれ」

菊池は、自分の指摘がアタリだと気取《けど》った。どうやら三好は今、伊勢の片腕だ。伊勢は、久保の事件を最優先に動いているはず。ベトナム人が逮捕されていても、伊勢なら彼らの背後に吉村の影を見て、周辺を念入りに洗う。その流れで三好は今晩の誘いを受けた。……伊勢は久保に言わなかったように、『菊池は地検側のエス』と三好にも明かしていない。他方、県民公園で久保と菊池が会った点と、『東京？』とメモされたのがその日だった点は三好に教えた。伊勢は、『ホステス二人が東京にいるらしい』という菊池の報告で、久保の〝東京メモ〟は、菊池からの感触を記したものだと見切ったのだ。三好は〝東京メモ〟の解釈についても、伊勢にレクチャーされたのだろう。それなら、ここで漏らしてもいい。

むろん、この三好にも自分が伊勢のエスだとは言えない。

まっさらな新人だった自分たちが遠くまできた現実を突きつけられた。こうして腹の探り合い、けしかけ合いをしている。哀しさというより、いささか淋しさがある。

二人とも酒を飲んで濃厚な沈黙をやり過ごしていき、菊池はお猪口をテーブルにそっと置いた。

「きゅ……んは……きゅ……」

「給与は八級？　何だよいきなり」

「俺にも謎でな。ちょっと前、そんな会話を耳にしてさ。気になってるんだ。俺に伊勢さんの頭があれば、解明できたろうにな」

なかば本音だった。三好はこの言葉の断片『きゅ……んは……きゅ……』を、伊勢に伝えるだろうか。封書で送るには内容が乏しすぎる。

リーク——。事務所内で地検に通じる者を探せないだろうか。今までこの件を伊勢が依頼してこなかったのは、菊池と小夏は十二分に働いているために違いない。任務が重なると、どこかでボロが出てしまいかねない。

地検に潜む秋元の細胞は一体、誰なのか。継続的に情報を獲っているのだから、やはり事務官の線が濃い。検事は二、三年で異動を繰り返すので、取り込めても継続性はなく、引き継ぎがされるはずもない。

菊池は見知った事務官の顔を次々に思い浮かべるが、やはり見当もつかなかった。

「ほう、東京に関わる職員をね」

直参は目を細め、シャープな顎を撫でた。

三好と会った翌朝、菊池はこうして四階に上がってきた。『地検は、秋元法律事務所で東京に関わる人物を気にしている』と復命するためだ。該当者は多いので、直参の耳に入れても秋元の利にならない。四階に入る、格好の理由にもなる。

菊池は視界の端で金庫に続く小部屋の扉を捉えていた。直参や小夏が業務をするシマの奥に、木製の扉が見え、その向こう側に金庫がある。扉には鍵はかかっていないし、フロアには防犯カメラもない。

「地検はどうして東京に関わる職員を探してるんだ」

「そこまでは調査できてません。取り急ぎお知らせすべきかと思いまして」

直参は鋭い目つきで菊池を見たまま、何も言わない。そのまま数秒が過ぎた。

「例の件も含め、何か新たに判明すればいつでもいいから来てくれ」

「はい、直ちに」

菊池は一礼し、部屋を出た。直参に報告する間、小夏は一度もこちらを見なかった。三階に戻ると、テレビがついていた。画面の気象予報士は深刻な顔つきだ。

――明日の夜、大型の台風が湊川市付近を直撃します。備えは今日から明日の昼までに終えて下さい。夜間、不要不急の外出は控えて下さい。命にかかわる恐れがあります。

5

日中は大型台風が近づいているのが嘘のように穏やかだったが、夕方からは一変、強風が絶えず吹き荒れ、新幹線も上下線ともに運転を見合わせ、時折激しい雨も降った。そして――。

午後七時、秋元法律事務所三階に菊池はいた。窓の鍵は締まっているのにガラスが強風で波打つように震え、鉄筋コンクリート造りの建物までもが根元から揺れ出してしまいそうだ。湊川市が大型台風の暴風圏に入ったと、今しがた携帯の緊急速報でも流れている。

——菊池も早く帰った方がいいぞ。

庶務係の先輩も一時間前に帰宅した。現在、秋元法律事務所に残るのは自分一人だけだった。先ほど各フロアを巡り、それを確認した。仕事は残っておらず、帰ろうと思えば帰れる。だが、万一に備え、菊池は事務所に泊り込む腹積もりだった。時間を潰す手段はいくらでもあるし、明朝誰かが出勤してきた折には、『帰ろうとした時には、とても外に出られる状況じゃなかった』と説明すればいい。この荒れ模様だ。誰もが納得するだろう。机には懐中電灯と、携帯ラジオも用意している。

ドクドクドク……。鼓動が速まっているのは、脈をとらなくても察せられる。菊池はきつく目を瞑り、一度深く深呼吸をした。

ゴォォッ。荒々しい風が絶えず吹きたてている。

九時、十時と時間は進んでいく。在来線も止まった、とテレビの速報で流れた。車の走行音もしない。湊川市では今、誰もが建物に閉じこもっているのだろう。

突如、電灯が消えた。同時にテレビやパソコンの電源も落ち、フロアは漆黒に包まれた。窓の外からも灯りは感じられない。この辺り一帯が停電したのだ。

菊池は素早く手を伸ばして、机上の懐中電灯を握り締めた。停電がどれくらい続くのかはわからない。

このために待機していたのだ——。懐中電灯のスイッチを入れ、足元を照らした。

フロアを出て、壁伝いに階段を駆け上り、四階のドアを勢いよく開ける。

「大丈夫ですか」

念のために声をかけた。当然返事はなく、ひと気もない。よし。菊池は腹の底に力を込めた。

金庫のある小部屋のドアを開け、懐中電灯の光を入れる。

大型の金庫が一筋の光線に照らされた。足早に近寄ってその場にしゃがみこみ、携帯電話に入れた番号を表示させた。2、9、7……とダイヤルロック式の錠前で暗証番号を揃えていく。

ガチン。鍵の開く音が腹の底に響いた。手を伸ばして、重厚な扉を一気に引き開け、懐中電灯で素早く照らす。大きめの分厚い封筒が無造作に積まれていた。その数は四袋。

菊池は一番上の封筒を掴み、上下を確かめた。表にも裏にも何も書かれていない。封もされていない。懐中電灯を床に置き、封筒から書類の束を取り出した。

一枚目、二枚目。自分が報告した地検の内部情報がまとめられていた。右端には『重陽《ちょうよう》』と印字されている。数秒後、それが自分の符牒だとピンときた。旧暦九月九日は重陽の節句で、かつて菊の宴が催された。菊池は学生時代に古文の授業でその習わしを知った。自分の苗字にまつわるだけに印象深かったのだ。

さらに書類をめくっていく。今度は自分が報告したものではない、地検筋の情報がまとめられていた。『重陽』のような符牒もなく、誰のレポートかは不明だ。ひとまず携帯電話で一枚一枚動画撮影していった。動画の方が写真撮影よりも時間がかからない。

また『重陽』と印字された書類が出てきて、そこには『東京』とあった。

菊池は粛々と撮影を続け、一つの封筒分をすべて撮影し終えるのに三十分近くかかった。書類を封筒に戻して、長い息を吐いた。エアコンも切れており、体中に汗が滲んできている。

外では風がいよいよ吹き荒れていた。その威圧的な風音は、まさに暴風という名に相応《ふさわ》しい激しさだ。強烈な雨も窓を叩きつけている。手元で紙をめくる音すら、暴風と激しい雨音で聞こえない。

次の封筒は事務所の会計資料だった。念のために全ての書類を撮影しながら、目を通していく。三つ目の封筒の中身も、また会計資料だった。

小夏のためにも、吉村のウイークポイントとなるような端緒を握りたい。小夏と一緒に吉村を引きずり倒せれば、自分一人でも『優しくて何が悪い』と口に出して言い返せる強さを得られるだろう。いや。別に強さは身につかなくてもいい。時期はだいぶ遅れてしまっているが、小夏を父と母に紹介したい。特に小夏と母がどんな会話をするのか聞きたいのだ。優しさを小馬鹿にする連中を笑い飛ばすのか、帳尻合わせの計算なんて死ぬ間際にすればいい——と声を揃えるのか。実現させるには、この自分の働きも重要だ。

四つ目。封筒自体は薄い。これまで通り、封筒には表にも裏にも何も書かれていない。

外国語の文書だった。懐中電灯で照らす。アルファベットが使われていて、時折それ以外の文字も混ざっている。書類は十枚ほどあり、右上隅をホッチキスで止められていた。最初のページと最後のページには事務所の印が押され、その下には誰かのサインがある。無機質な外国語のサインに比べ、印の朱色が目に鮮やかだ。

菊池は携帯で撮影しながら、文章に目を落とし、何とか解読しようと試みた。ドイツ語？　フランス語？　スペイン語？　……何語にしろ、英単語との共通項が読み取れれば、文章の大意を推測できる。大学受験では英語の勉強を重ねたのだ。その頃に詰め込んだ単語の知識は大方頭から消えているが、おぼろげに憶えている単語もある。

ジャスミンの名前が所々に出てきた。ミナト、とは日本の大手スーパーのことだろうか。

最後のページにうっすら文字が透けていた。裏返すと、吉村泰二の署名があった。

裏書？　その吉村の署名も撮影した。文字に少し違和感がある。ひょっとして。

菊池は手早く裏返して、事務所の印を目に近づけた。やはりカラーコピーだ。これは原本ではない。誰かがすでに原本を持ち出している？

いきなり部屋のドアが開いた。

「誰だッ」

険しい秋元の声だった。

一瞬、菊池の頭の中は真っ白になり、次の瞬間に疑問が弾けた。なぜ湊川に？　この大型台風の影響で、東京で足止めされてるんじゃないのか？

即座に菊池は懐中電灯を消して、金庫の小部屋のドアも速やかに閉めた。携帯電話を握り、左手で液晶を覆い隠すと、親指を素早く動かして外国語書類のデータを保存した。

金庫の小部屋のドアが乱暴に開けられ、懐中電灯の光を浴びせられた。菊池には逆光で、秋元の面貌は判然としない。

「貴様、菊池かッ」

菊池は咄嗟に後ろに手を回した。メールを新規作成する余裕はない。指の感覚を頼りに受信画面を表示させ、返信ボタンの辺りを押した。うまくいっていれば、誰かのメールアドレスが表示されたはず。直近でメールを送ってきたのは……。

三好――。

引き続き指の感覚だけで、保存したばかりの外国語のデータを添付すると、すぐさま送信ボタンを押した。

頼む。うまくいっててくれ。

突然、電気がついた。停電が回復したらしい。秋元が何か怒鳴っている。その怒声は菊池にとって、ただの音の塊としてしか耳に入ってこない。菊池の神経はただ一点に集中していた。

小夏――。

秋元の一歩後ろに小夏がいる。その顔に表情はない。感情を殺した眼差しで、こちらを見下ろしていた。

ぞくっ、と菊池の背筋に悪寒が走った。

Sが泣いた日

1

一歩踏み出すのをためらい、八潮英介は開けたばかりのドアをそっと閉めた。ドアノブからゆっくりと手を放し、錆が浮くドアをじっと見据える。

この先の屋上には――。

湊川地検総務課長の伊勢雅行が一人でいた。こちらに背を向けて四つん這いになり、肩を上下させ、嗚咽《おえつ》している伊勢が。

八潮は踵《きびす》を返した。そのまま階段を静かに下っていく。

この約一ヵ月間、東京地検特捜部へ応援に出ていた。その応援捜査が長期戦の様相を見せ始め、担当副部長に『着替えをとってこい』と初めて三日間の休みをもらい、湊川市に戻ったのはつい一時間前だった。

新幹線のホームに降り立って、久しぶりに湊川の空気を吸い込んだ時、湊川地検での立会事務官・渡部加奈子《わたべかなこ》から一報を受けた。

――先ほど久保さんが亡くなりました。

八潮はしばらくホームに立ち尽くしていた。次の新幹線が目の前に到着してようやく我に返り、自宅にも地検にも寄らず、久保が入院していた病院にタクシーでやってきたのだった。

同じ特別刑事部にいても久保は別の検事と組み、歳も二十近く離れている。けれど、夕食に出向いた小さな中華料理店でたまたま会い、一緒に食事をする間に仕事の話題から好きな音楽や映画の話に飛び、意気投合して、その後に何度も二人で飲みにも行っている。八潮にとってみれば同僚という以上に、年の離れた友人という感覚だった。

——八潮検事の鳥の巣頭に騙《だま》される相手は多いでしょうねえ。もっさりして、隙だらけに見えますもん。

よくそう言われた。八潮の髪は天然パーマで、自分でも手に負えないくらい爆発してしまい、服装のセンスもなく、風采が上がらないのは自覚している。思春期は人並に悩んだ。三十歳ともなれば、そんな自分としっかり折り合いをつけられている。髪はどうにもならなくても、ダークスーツを着て無地のネクタイを結んでいれば、それなりに見えるのだ。

久保の『鳥の巣頭』発言の後、八潮はいつも言い返した。

——外見なんてアテになりませんからね。久保さんこそ、その見た目に騙されます。

公家。そんなあだ名がつくほど久保は穏やかで、見た目もまろやかだったが、その内面に抱える激しさを八潮は感じていた。言葉遣いを穏やかにすることで、自分を変えているというか。

その久保が死んだ。

もう二度と『鳥の巣頭』を巡る会話もできない。八潮は階段の中ほどで立ち止まり、目頭を強く押さえた。深呼吸を挟み、再び歩き出す。

地下の霊安室で見た、無表情の久保。その傍らでは、久保と組んでいた検事の相川晶子が目を真っ赤にしていた。相川に『伊勢さんが屋上にいる』と聞き、上がってみたものの、とても話しかけられる状態ではなかった。伊勢のあんな打ちのめされた姿を見るとは思ってもいなかった。いつも超然としているあの伊勢が……。

カツ、カツ、カツ。自分の足音が無機質な病院の階段に響いている。

久保が湊川市の海っかわと呼ばれる地域で四名のベトナム人に襲われ、意識不明になった経緯は渡部に聞いていた。ベトナム人は逮捕された当初、『久保が女性を暗がりに引きずり込もうとしていたから』と供述している。今は警察の取り調べに対し、黙秘を貫いているそうだ。久保はそんな真似をする人間ではないし、ベトナム人側の弁護士が秋元法律事務所系というのも引っかかる。

屋上から階段で一階まで下り、通院者や見舞の人でざわめくエントランスを抜けると、高曇りの空だった。

伊勢の嗚咽は聞こえてこなかった。

地検内の空気は沈んでいた。八潮は自分の検事室のドアを開けた。電気もつけずに、渡部がぼんやりと窓の外を見やっている。

「お疲れのようですね」

八潮が声をかけるなり、渡部が慌てた様子でこちらを向いた。

「あ、検事、おかえりなさい」渡部がさっと目を伏せる。「なんか嫌になると、この部屋に逃げてくるんです。一人になれるので」

八潮が東京に応援に出ている間、渡部は特別刑事部の検事、青山《あおやま》に仕えている。その青山の立会事務官が、八潮と東京応援に出たためだ。彼は一足早く湊川に戻っている。

「それに久保さんの一件もこたえちゃって」

「地検職員全員の思いでしょう」

「そうでもないですよ」渡部は目を上げ、眉を顰めた。「特に青山検事なんて、襲われるような場所にいた久保さんが悪い、って突き放してますので。……すみません、今の話はご内密に」

「もちろんですよ」

八潮は自席に座り、一ヵ月ぶりに見慣れた景色に身を置いた。やっぱり綺麗な人だな、と渡部を眺める。仕事仲間、それも立会事務官をそんな風に見るのは不謹慎だろうが、感じるものは仕方がない。久保とは、この渡部を巡る会話もした。

——別に不謹慎じゃないですよ。仕事をきっちりやる、という一線を守ってる限りは構わないでしょう。我々は感情を持つ人間なんですよ。だいたい社内結婚なんて古今東西、日本中に溢れかえってるじゃないですか。立候補してみたらどうです。彼女、八潮検事に熱を上げてる節がありますし。

——無理無理。あんな高嶺《たかね》の花、ぼくには手が届きませんよ。気の利いた話もできませんしね。いい男に巡り会って、ぜひとも幸せになってほしいと願うばかりです。

——恋愛に臆病すぎますね。

——独身の久保さんに言われたくないですよ。

あれはいつの夜だったか。つい昨晩の出来事にも思える。

「特捜部はいかがですか」

「聞きしに勝る激しさですね。毎日ブツ読みで目が潰れそうで。渡部さんに教えてもらった、お店にも行けてないんです」

渡部は小中学生の頃、親の転勤でドイツに五年間住んでいて、ビールやソーセージにはうるさい。『新橋に、いいドイツ料理店があるのでぜひ』と応援に出る前に勧められていた。

「せっかくの休憩中に申し訳ないんですが、一つお仕事をお願いしてもいいですか」

十分後、八潮は本部係検事である熊谷の部屋にいた。渡部に訪問のアポイントを入れてもらったのだ。

「どうした？　東京じゃなかったのか」

熊谷はぶっきらぼうに言った。八潮は一時的に湊川に戻った成り行きを話して、本題に入った。

「久保さんの事件、何があったんです？」

「さてな。ベトナム人たちが口をつぐむ訳は見当がつくけどな」

彼らの動機には、現地の身内が日系企業の大型ショッピングモールで働ける手形があるはず、という読みを熊谷は簡潔に語った。

「警察にも伝えたが、肝心のベトナム人たちはだんまりだ。秋元事務所もついた。俺の予想がビンゴだっていう間接証拠だな」

発言の真意を八潮も瞬時に理解した。秋元法律事務所とベトナムに進出した大手スーパー「ミナト」は湊川選出の国会議員、吉村泰二を通じて繋がる。湊川地検特別刑事部では現在も、吉村を巡る贈収賄事件を内偵中だ。特捜部の応援に出るまでは八潮もその一員、それも主任検事だった。マル湊建設本社と社長宅へのガサでは、裏金捻出用の計算式が書かれたメモが見つかった。

鳥海はそれをもとに社長逮捕に踏み切ろうとしたが、八潮は時期尚早だと強硬に反対し、その結果、なかば追い払われる恰好で東京地検特捜部の応援に出されたのだ。応援に出ても、湊川の動向には注視してきた。秋の国政選に出る予定だった湊川市助役の逮捕に特別刑事部は絡んでいないにせよ、あれは間違いなく吉村を洗う一つの材料になる。

「バッジ、か」

八潮がぼそりというと、熊谷が机上に転がるボールペンを指で弾いた。

「そう、バッジだ」

電話が鳴り、熊谷の立会事務官が「県警からです」と告げた。熊谷が肩をすくめる。

「弔い合戦をしてやりたいが、この通りなんだ。暇がなくてな」

2

「昼間は失礼しました」

夕方、八潮が一人で検事室にいると、伊勢がやってきた。屋上で声をかけそびれたことに気づいていたらしい。さすがだ。

「特捜部の仕事でお疲れでしょうに、ご帰宅されなかったんですね」

久保の件で続報が入ってくる可能性もあり、八潮は家には戻らなかった。帰宅したところでこの事件が気になるばかりで、どうせ心身ともに休まりそうもない。

それから東京応援を巡る簡単なやり取りがあり、伊勢から切り出してきた。

「私に何かご用があったんでしょうか」

八潮は一瞬言葉を呑んだ。あの嗚咽を見ると、訊くのは酷な気がする。

シロヌシ――転じてS。次席の懐刀として長年地検を仕切り、様々な情報網を持つ伊勢なら、久保の事件の真相や背景を耳にしているのではないのか、少なくとも探りを入れている。そう考え、昼間屋上に行ったのだ。

眼前の伊勢はもう落ち着いている。いつもの姿だ。

八潮は自宅の冷蔵庫に入れた一枚の紙――マル湊建設社長が「裏金を生み出す計算式だ」と供述した証拠メモを巡る一件が脳裏によぎった。

まさに自分の出処進退を賭けた行動だった。当該社長が違法カジノ店に入り浸っている、と耳打ちしてくれたのは、この伊勢だ。あの一言が腹を決める一端となった。鳥海に裏取りをするよう持ち掛けても一蹴され、まったく動かなかったからだ。計算式が書かれたメモも、それで生み出された裏金がヤミ献金に使用された物証や自白がない限り、証拠にはならない。裏金は違法カジノで費やされているのかもしれないのだ。このままでは立件しても負ける。だから――。

自分のために、検事という仕事のために鳥海が立件に乗り出すのを防ぐため、当該メモを証拠書類が収められたファイルからこっそり抜き出した。証拠がしっかり固まっていない段階で逮捕や起訴に踏み切るのは、単なる暴走だ。むろん証拠メモの持ち出しも暴走で、あるまじき行為なのは承知している。

あのメモをファイルから抜き出した時、頭の中が白々と冷えていった。例えは悪いが、自分が一本の鋭いナイフとなり、冷たい切っ先を暗い靄にかざしたような心地だった。あの感覚は今も頭に残り、体に刻み込まれている。

罪悪感はあった。しかし、今も後悔はない。自分が抱く、検事の存在意義に従った行動だったためだ。

検事になったばかりの頃、東京地検公判部で殺人事件を受け持った。被告は睡眠薬で夫の意識を奪い、包丁で滅多刺しにした主婦。その主婦は約五年もの間、夫の暴力に耐え忍んだが、ついに娘に手をあげる姿を見て、犯行に及んだのだった。公判前、弁護次第では執行猶予判決が下ると予想できたし、それで構わないとも思えた。もちろん、担当検事としては手を抜けなかった。主婦は犯行三日前に睡眠薬を犯行目的で購入しており、計画的で残虐な犯行だと断じた。主婦はこちらの尋問通りに、計画的な犯行だったと認め、八潮は懲役七年を求刑した。カッとなって我を忘れた発作的な行動――そう認められれば、どんなにいいか。公判中、何度も頭をよぎった。行動の解釈次第ではその余地はあったのに、国選弁護人の腕が悪すぎた。やる気もなかった。検事席から見ていて歯痒いほどだった。自分ならもっと的確な弁護ができただろう。

結局、地裁は懲役五年を言い渡した。被告本人と弁護士以外、誰もが執行猶予判決が妥当だと見ているにもかかわらず。公判でのやり取りと法の正義の下では、裁判官もそう判断するしかなかったのだ。判決公判後、裁判長と目が合った。『あの弁護だ、君と我々にはどうしようもなかったんだよ』。目顔でそう話しかけられた。

正義を忠実に実行しようとすれば、時にそれは暴走しだす。正義なんて所詮、時代時代の規範や法律、常識に過ぎない。そう突きつけられたこの日以来、検事の存在意義について自問自答を繰り返した。検事の仕事とはこんな理不尽な結果を招くことなのか、血の通わない法の正義を粛々と実行することなのか――と。

　翌年公判部から刑事部に異動して取り扱ったある事件で、胸の燻《くすぶ》りが消えた。

　検事は社会という患者の診療役――とのイメージを抱けたのだ。犯罪で傷つき、病巣を抱えた社会を適切に診断し、法律という薬で治療する役回りなのだと。怪我人や病人は一人一人容態が違う。同じ怪我や病気だからといって一律の治療を施せば、薬が強すぎたり、治療が合わなかったりする。だから治療前に、丁寧で適切な診察をしないといけない。

　被告や犯罪に向き合う検事もそうあるべきなのだ。診察と治療の基準は『まともかどうか』。どうやったら、まともさを回復できるのか。

　口で言うのは易しいが、実行は難しい。

　自分は所詮一人の検事に過ぎない。治療の段――公判では夫殺しの主婦の時のように法の正義を前面に押し出さざるをえない場面も出てくる。そこには刑事部と公判部の役回りの違いがある。自分が刑事部検事としてあの主婦を担当したら、起訴猶予に持ち込めただろう。けれど公判部で、刑事部が立件した事案を取り消すのは至難の業だ。あの主婦にしても計画的な犯行だと解釈できる以上は引っ込められない。そもそも公訴取り消しは事実上、不可能なのだ。法務大臣までハンコの道のりがある。起案した検事とその上役の失点になる行為なので、取り消しを進言しても、決裁者はなかなかハンコを押さない。こちらだって他にも大量の案件を抱えていて、渋る彼らを説得する労力も時間も現実的には割けない。

　権力機構の一部として情けない限りだ。それゆえ、せめて自分が起案できる立場、捜査に携われる立場の時くらいは、『まともさ』のために丁寧で適切な捜査を追求してきた。

裏金計算式メモの持ち出しも、まさにそのためだった。

あの時、他に鳥海を確実に止める手段はなかった。あったとしても自分は思いつけなかった。何より検事として見過ごせなかった——。

次席と検事正も、何かトラブルが発生しない限りは鳥海の主張を呑むしかない。鳥海や上層部が敗北の責任を取らされるのはどうでもいいが、不十分な捜査を見過ごすのに比べれば、自分一人が潰れる方がましだ。丁寧で適切な捜査を実現でき、『まともさ』に近づける確率が上がる。メモを持ち出したのは八潮だ、と突き止められても、本来なら是が非でも立件したいはずの主任検事だった男が職を投げうってまで起訴を止めようとした、と次席や検事正はもとより上級庁幹部にも伝わり、鳥海の判断の危うさを強く訴えられる。ここまですれば上も、殊に上級庁が鳥海を絶対に止める。再考を促すだけでなく、鳥海は指導力を問われて捜査から外される。

自分が汚れた、堕《お》ちた——とも思わない。正当化したいのでもない。ただ実際、丁寧で適切な捜査を尽くした『まともさ』を求め、一線を越えたのは間違いない。

これ以上は譲れないという一線がそれぞれにあるのだろう。誰しもがその一線を死守するべく、歯を食い縛って何かを我慢したり、自分が悪くもないのに頭を下げたりして生きているのではないのか。自分の場合、それがあのメモを持ち出す行為だった。あの一線を越えた行為が今後、自分に一体何をもたらすのかは知る由もない。

伊勢なら、あのメモ紛失騒ぎの首謀者はこの八潮英介だと勘づいているはず。何も言ってこないのは、それが結局は地検のためになるとジャッジしているからか。

「……伊勢さんにお聞きしたいのは他でもありません。久保さんの一件です。伊勢さんなら何かご存じじゃないかと」

あの嗚咽ぶりからして、二人は近しい間柄だったとも見て取れる。久保は何も言っていなかったが。

伊勢は一瞬の間を置き、言った。

「相川検事をここにお呼びしていいですか。総務課の三好さんも。皆さんにはお伝えするべきかと」

久保の一件についてどうして知りたいのかも、知ってどうするのかも伊勢は尋ねてこないし、相川と三好に伝えるべきだという理由も言わないな、と八潮は思った。

ほどなく相川と、総務課の三好正一が八潮検事室にやってきた。二人の表情や挙措《きょそ》からは、訝しさとともに、ある程度の事情を飲み込んでいるような落ち着きも窺える。

「皆さんにお話しすべき事柄があります。実は――」

伊勢が淡々と語り出した。

検事だった父親が先代の吉村を調べた際、母親が交通事故で亡くなったこと。伊勢自身が吉村を洗う捜査チームに入っていた折、妹夫婦と姪が同様の交通事故で亡くなったのを境に、白髪を通そうと腹を括ったこと。二つの事故が吉村と無関係とは思えないこと。自分のような境遇に陥る人をもう出さないためにも、吉村を国会議員の座から引き下ろすべく、取り巻きの逮捕に動き、秋元法律事務所にも協力者がいること。その協力者の一人と連絡がとれなくなったこと。久保はかつて吉村の愛人だった母子を助けられず、伊勢と行動をともにしていたこと。

伊勢の口調は平坦なのに、八潮は体の芯を揺さぶられていた。生半可な覚悟では足を突っ込めない、修羅の世界だ。裏金計算式メモの紛失騒ぎで、伊勢が八潮の行為に言及しないのは吉村打倒のためだったのか。久保にも、そんな過酷な過去があったなんて想像もしていなかった。

自分が証拠メモを持ち出したのも客観的にはともかく、結果的に正解だった。あの事件にこんな重たい背景があるのは見通せなかったが、心の奥底では何かを察知していて、きっとそれが一線を越えるべく背中を押したのだろう。

三好と相川は顔色一つ変えずに聞いている。

「ですが――」

伊勢はしばし絶句した。他の三人は次の言葉を待つしかなかった。

「……私のせいで……久保さんは……意識を取り戻すこともなく亡くなって……」

語尾はかすれ、煙のように消えていく。

八潮は頸筋《くびすじ》が強張った。久保を仲間に入れた後悔の念に苛まれ、伊勢は病院の屋上で泣き崩れていたのか。

検事室を沈黙が支配した。どれくらいの時間が経ったのだろう。衣擦れの音がそれを破った。

相川が軽く身を乗り出している。

「伊勢さんのやり方は間違ってます。時には相手を陥れるような工作も、一人の法律家として容認できません。それが法律には直接触れる行為ではないとしても」

相川は睨むような眼差しだった。八潮は自分も糾弾されている気がした。冷蔵庫に入れたメモの存在を。もっとも、もう一度同じ場面に立ったら、自分はやっぱり同じ決断を下すだろう。

相川はさらに強い語勢で伊勢に迫っていく。

「自分の身を犠牲にして、賛同者を巻き込んで黒幕を追い落とそうだなんて、そういう自分に酔ってるだけじゃないんですか」

伊勢は言われるがまま黙している。再び静寂が部屋に満ちていき、四人の呼吸音だけがした。

ふっ、と相川の目つきが緩む。

「でも、私は伊勢さんを嫌いになれません。伊勢さんの根底に、傷つけられる側への優しさがあるからでしょう。それに間違うのが人間ですよ。法律家、検事は間違った人のための存在でもある。私はある人にそう教わりました」

いい言葉だ。八潮は素直に頷けた。検事の存在意義について自分が持つ意見と合致する部分が多い。同時に己の、社会の不確かさも実感させられる。

法律家や検事が間違った人のための存在だというなら、自分はその支える側と支えられる側の双方に属している。証拠メモの持ち出しは結果的にはそうすべきだったとしても、外形的にも、形式的にも明らかな間違いなのだから。言い換えれば、法律や検事も絶対的ではないのだ。相川もこの自分と同じように、正義よりもまともさを重んじているのだろう。

伊勢はまじろぎもせず、じっとしている。

ちょっといいですか、と三好が小さく手を上げた。

「私は、伊勢さんでも失敗する時があると知って、少し安心しました。サイボーグじゃなく、人間なんだと」三好の声が翳を帯びる。「もちろん、その失敗が久保さんの死を招いたのかと思うと、言葉がありません。音信不通の菊池も心配です。とはいえ、伊勢さんがバッジと戦える方法が他にあったのかと問われれば、何も浮かばないのも事実です」

伊勢はなおも何も言わず、微塵も動かない。菊池は元湊川地検職員で、秋元法律事務所に入った協力者だ。もう一週間もコンタクトが取れないのだという。秋元の事務所にはもう一人協力者がいる。菊池の行方については、『東京出張中』としか聞いてないらしい。伊勢は先刻の告白の折も、その協力者については名前を明かさなかった。『皆さんを信用していますが、万が一漏れないとも限りませんので』と言って。

「八潮検事はどう思います？」

相川に話を振られ、眉間に力が入った。頭の片隅で、自分が鋭いナイフとなっている感覚が疼《うず》いている。

「私は伊勢さんではないので、伊勢さんの気持ちを百パーセントは理解できません。ただし、伊勢さんを――一人の人間をここまで追い込んだ存在を放っておくわけにはいかない。絶対に負けてはならない相手です。もう知ってしまったんです。放置すれば、また久保さんみたいな犠牲者が出てしまうでしょう」

吉村はその権力をふるい、暴力によって法を――地検を抑え込もうという腹なのだ。明らかにまともな行いではない。たとえ自分が不確かな検事であっても見過ごせない。いや、だからこそか。自分を含めた社会が不確かだからこそ、せめて『まともさ』くらいは守るべきなのだ。

伊勢はなおも唇を引き結び、じっと宙を見つめていた。八潮は続ける。

「今までのやり方が間違っていても、やるべきことは一緒です。伊勢さん一家に起きた惨劇はもう時効ですし、一事不再理の原則もあります。でも、いま起こっている事態には立ち向かえます」

一事不再理は、ひとたび判決が確定すると被告人の不利益になる再審を認めない規定だ。

伊勢以外の三人は互いに視線を交わし合った。おもむろに三好がファイルを開き、人数分の束を取り出す。

「これは菊池が私の携帯に送ってきた動画データをプリントアウトしたものです」

受け取り、八潮は目を落とした。アルファベットと、それに似た文字が連なっている。英語ではない言語だ。

「このデータが何なのか、なんで送信してきたのかを聞こうと菊池に電話しましたが、何度かけても繋がりません。今の伊勢さんのお話からすると、データ送信日時は菊池と連絡がとれなくなる直前です」

つと部屋の空気が重たくなった。

「……これ、ドイツ語だね」相川がぼそりと言う。「契約書っぽい。文書の内容を解読してみません？　菊池さんの意図も摑めるかもしれない」

その意見には八潮も賛成だった。

「相川検事はドイツ語が読めるんですか」と三好が尋ねた。

「大学でかじった程度です。辞書は押入れの奥かな」

相川と目が合い、八潮は首を横に振った。

「そうなると」と三好が話を継ぐ。「この部屋にいる人間が辞書とくびっぴきで取り組んだとしても、誤読しかねませんね。かといって菊池の現状を考慮すると、みだりに他の職員を巻き込まない方がいい。事案が事案なので、外部にも頼めないですし」

一つ手がある。八潮は三人を等分に見て、切り出した。

「ドイツ語なら渡部さんに頼みましょう。彼女はドイツ語に堪能なので」

「渡部さん、ですか」

三好が不安げに言った。どうされたんです、と相川が促すと、三好は八潮を一瞥してから再び口を開いた。

「マル湊建設の裏金メモ紛失騒ぎの時、彼女にも話を聞いたんです。受け答えが、どうも感情的になりがちだったので。普段からその気もありますし、大事な役目を任せるのは怖いのではないかと」

八潮は忸怩《じくじ》たる思いが胸の内に湧き上がってきた。自分がメモを持ち出したため、渡部にも迷惑をかけてしまったのか。

唇を嚙み、思考を切り替えた。三好の発言を検討していく。言及通り、渡部は感情が豊かだ。三好はその中でも、彼女の移り気な点を指摘してきたのだ。渡部は当初、八潮に秋波を送ってきた。自分は受け止められなかった。彼女に相応しい男ではない、と。すると渡部は、別の検事に熱をあげ出した。地検内ではそれなりに広がった話題だ。……たとえ感情量が多くても、ドイツ語の能力とは無関係だろう。八潮は彼女と組む間、業務面で支障が出た憶えもない。

「今回、彼女の能力は必要ですよ」

八潮が言い切ると、はあ、と三好は生返事だった。

「お二人とも待って下さい」

伊勢が強い語調で割って入ってきた。

「私は……自分以外を危険に晒《さら》してしまう状況をもう作りたくないんです。バッジ側は当然、菊池さんが三好さんにデータを送ったことを把握しているでしょう。彼らの情報収集能力をもってすれば、地検で誰がドイツ語に堪能なのかもたちまち洗い出して、渡部さんの名前も出てしまいます」

「その理屈でいくと、もう渡部さんの名前は出てますよ」八潮はすかさず言い返した。「彼女をバッジの手が及ばない場所に置いてしまう手もあります」

「どうやって」と伊勢も言下に質《ただ》してくる。

「特捜部の応援に出せばいいじゃないですか。毎日ホテルと地検の行き来です。湊川に留まっているより、バッジ側に襲われるリスクは減ります。行き帰りは大概、他の応援検事や事務官と一緒ですし」

伊勢がわずかに目を見開いた。

八潮は渡部の心を取り戻したいのでも、特捜部で彼女と一緒に仕事をしたいのでもない。ただ簡単な一手というだけだ。湊川地検の人事を仕切る伊勢なら手を回せるし、普段ならたちどころにこれくらいの案を講じられるだろうに。それだけ久保の死が、伊勢の頭脳に影響しているのか。

「では、解読は渡部さんに頼みましょう。ここは彼女が適任ですよ」

相川が諭すように話をまとめた。伊勢も反論しなかった。

その後、相川、三好はそれぞれが手持ちの情報を明かし、八潮はそれを黙って聞いた。伊勢はここでも口を挟もうとしない。

「菊池さんが三好さんに言った、『給与は八級』って意味不明な言葉も気になりますね」相川は思案顔で腕を組んだ。「あとは東京にいるという、消えたホステスの行方でしょう。マル湊建設社長の証言に関わってくるので」

相川はホステス二人を参考人として招致していた。その二人が東京にいるらしいとの情報を、菊池が伊勢に流している。検事正や次席も交えた会議で、確たる証拠や証言が出るまではマル湊建設社長の逮捕を保留する――という方針になっているそうだ。自分が持ち出したメモの不存在も、判断の一因になったのだろう。あのメモの不確かさからして、今回も絶対にホステスから裏を取らないといけないが、一つ引っかかる点があった。

「わざわざホステスの前で金を渡しますかね」八潮が訊いた。「バッジ側も、マル湊建設も秘密裏に金の授受を行いたいはずです。モノが闇献金なんですから」

「本人は後々、吉村側と『渡した、渡さない』の水掛け論にならないようホステスに見せた、それが保険だったと供述してます」

絶対的な権力者を疑うような真似を？　その声柄からして、相川も疑問を抱いているらしい。

「菓子折りは金を隠せる構造だったんですか」

「それがね」と相川は顔の前でひらひらと手を振った。「どこの菓子折りだか憶えてない、と」

それでは確認のしようがない。

「東京といっても、目処《めど》はつくんですか」と三好が問う。「参考人招致する前、二人がそこに繋がるような発言をしてたとか」

「いえ、見当もつきません」相川が力なく答えた。「鳥海部長も当たり先が絞り込めないうちは、東京への派遣を渋るでしょう。私がどこでホステスの居場所についての噂を耳にしたのかも探ってくるはず。久保さんがいれば、そのネットワークに引っかかったと煙に巻けましたが」

鳥海は反次席検事派だ。次席検事の懐刀である伊勢も毛嫌いしている。伊勢ラインの情報だと知れば、この線を捨てかねない。手柄を次席の本上にさらわれる恐れがあるからだ。本上の手柄になるくらいなら、事件を潰す方を選ぶだろう。第一、地検は職員が少ないので警察のような人海戦術をとれず、居場所を絞り込めない間は探しようもない。

それなら、と八潮はやや前傾姿勢になり、言った。

「できる範囲で私が探しましょう」

本部係でもない限り、検事は事件現場に出ない。ましてや聞き込みなんてする機会はないし、警官のように足を使った捜査能力が自分にあるとも思えない。それでも、誰かがここで一歩踏み込まないとならないのだ。

伊勢の頰が窪んだ。奥歯をきつく嚙み締めているらしい。伊勢は自分以外を危険に晒す状況をもう招きたくないと言っている。ここにいる三人もその発言の例外ではないだろう。それなのに話はどんどん進み、誰も身を引く気配がないので、複雑な感情を抱いているのだ。その心持ちが表に出たように見える。

「検事はどうしてここまで？　久保さんと何か個人的な関係が？」と三好が尋ねてきた。

「ええ。お世話になりました。何度も二人で飲みに行きましたし」

「え……」

三好は件のメモ探しを担当し、東京にも訪ねてきた。この驚き様からして、事前に同じ特別刑事部の久保に八潮の人柄などを尋ねたのか。そしてそこでは当たり障りない返事があっただけなのだろう。久保の思惑は察せられる。

仲が良いと教えてしまえば、『久保と仲がいいなら、八潮はメモを持ち出すような人物ではない』と三好の目が曇ってしまいかねない。久保は『八潮がメモを持ち出した』とは考えもしなかったろうが、公平に判断させようとしたのだ。吉村打倒にかける、久保の強い意気込みが伝わってくる。

東京でのホステス探しが、そんな久保の供養にもなるはずだ。

3

午後十時過ぎの新宿歌舞伎町《かぶきちょう》は大勢の酔客で賑わっていた。外国人観光客の姿も多い。八潮は細くて薄暗い路地に入り、古い雑居ビルの二階に上がった。階段の端はすり減り、小さな虫の死骸が隅に転がっている。

夕方、伊勢たちとの話を終えると、八潮は急いで自宅に帰ってスーツケースの中身を詰め替え、新幹線に乗り、東京に戻ってきた。夕闇を背景にした新幹線の窓ガラスで、八潮は自分の顔とその向こうに透ける街を見た。自分の顔には、自由に使える時間は残り二日と数時間だけだ、と認識している険しさが滲んでいた。

看板もない木製ドアを開けると、軋《きし》む音とともにタンゴの曲が出迎えてくれた。細長いカウンターだけのバーで、客はいない。

「いらっしゃいませ」カウンターの向こうにいる男が目をすがめた。「八潮センセイじゃないですか、ご無沙汰してます」

髪を短く刈った四十過ぎの男が、屈強な体を糊《のり》のきいた白シャツで包み、蝶ネクタイを結んでいる。萬屋真之介《よろずやしんのすけ》。最後に会ってから五年近くが経つが、その時代劇俳優を彷彿とさせる名前は八潮の頭にしっかり残っていた。今後も忘れないだろう。

「どうですか、商売の方は」と八潮は微笑みかけた。

「ぼちぼちですね。といっても暇そうに見えるでしょ？　ウチの店が賑わうのは、開店から一時間と夜中の一時を過ぎてからなんで」

真之介は朗らかに言った。歌舞伎町で働く人間が出勤前に顔を見せ、退勤後に飲み直す店らしい。八潮は奥のカウンター席に腰かけ、スコッチの水割りを頼んだ。

鮮やかな手つきで水割りが作られ、八潮の前にそのグラスが静かに置かれる。

「センセイは今も東京地検に？」

「いいえ、湊川にいます。出張中なので、真之介さんの顔を拝んでみようかと」

「ご利益はないですよ」

「それはどうでしょう。都内の、矢守《やもり》組系のクラブをご存じですよね」

矢守組は湊川市に本拠を置く、四次団体まで抱える指定暴力団だ。ここ十数年、東京にも進出している。吉村と矢守組とは黒い交際の噂が絶えない。

火事にあった湊川のフィリピンパブ「美美」は海外密航の窓口だった――と菊池と熊谷が聞き、伊勢にも伝えられていた。また、マル湊建設社長の「菓子折り供述」がその通りだとすると、消えたホステス二人は吉村の不利になる情報を持っている。彼女たちの海外密航の段取りがつけられていても不思議ではない。ただ、美美が火事になった以上、その段取りは別の場所でつけられるはず。彼女たちが東京にいる、という菊池の情報もある。全てを足すと、東京に美美のような海外密航の窓口となる店があり、消えたホステス二人はそこに一度や二度、顔を出しているのではないか。

むろん、東京にいるかどうか定かでないし、ホテルやウイークリーマンション、又貸しの部屋などに身を潜められていたらお手上げだ。密航の別拠点が東京以外の場所にある線だって十二分にありうる。今は潰せる点を潰す以外ない。

八潮は水割りを一口飲み、カウンターにゆっくりと戻した。

特捜部でのブツ読みで数にあたることには慣れた。そこで、矢守組が東京事務所を構える歌舞伎町からとにかく始めてみようと決めたのだ。この歌舞伎町がハズレなら、ハズレだと割り出せる。今後、相川や三好たちが別ラインを探ればいい。

「歌舞伎町だけでも十軒近くありますよ」

「では、手始めにその全てを教えて下さい」

「なんで私にお声がけを?」

「そっち系に詳しい知り合いが他にいないもので。縁遠くなったのは承知してますが」

「なるほど。全力を尽くしましょう。他ならぬセンセイのお頼みだ」

「前にも言いましたけど、その呼び名は勘弁してもらえませんか。私はセンセイじゃないんで。教員免許もありませんし、政治家でもあるまいし」

「こっちから見れば、センセイですよ」真之介は歯を見せて笑った。「何より、私にとっては大恩人なんでね。そんな人はセンセイと呼びたいんですよ」

真之介と初めて会ったのは、新任の八潮が東京地検公判部から刑事部に異動してほどない時だった。自転車を壊した器物損壊の疑いで送検されてきた。

——あの男は『匕首《あいくち》の真之介』って異名を持ってます。どの組にも属さず、連中に依頼されて、組相手の荒っぽい仕事を何度も請け負ってるとか。今までは証拠がなくて。今回はいい機会なので、よろしくお願いします。

送検直前、所轄署のベテラン刑事からそう電話があった。明らかな別件逮捕だったのだ。

——これまで民間人を怪我させたケースはありますか。

——いえ。

ベテラン刑事は苦い声だった。この時も真之介は自分が自転車を壊したわけではなく、『歩いていると追突されて、相手が勝手に転んで壊れただけ』と主張しており、目撃者もなく、自転車の持ち主は警察に言われるがまま被害届を出したのが真相だった。警察は「依頼」という形で口を出してきた。若い検事なら言いなりになる、と甘く見られたのだ。八潮は心の底で火が燃え上がるのを感じた。

——何か言いたいことはありますか。

送検後、八潮はまずそう尋ねた。真之介は伏せていた目を上げた。

——一つだけいいでしょうか。育ての親が死にかかってます。その死に目に会いたい。今はその一心です。

三時間近く、事細かに聴取を行った。実際、真之介からは血のニオイを嗅ぎ取った。それと今回の案件とは別問題。八潮はそう心を決めて警察の反対を押し切り、上司も必死で説得し、真之介を不起訴にした。

この事件との出会いは大きかった。警察の言いなりになって『匕首の真之介』を起訴すれば、警察が目指す正義の一助となる。定石通り、余罪も追及できるはず。けれど、手法そのものはまともなのか？　そんな根本的な疑問が浮かんだ時、夫殺しの主婦を巡る公判で胸に生じた燻りが消えていったのだ。

自分は検事として丁寧で適切な捜査をもとに『まともさ』を追求すべきだ、と目を開けた瞬間だった。

不起訴を決めた三日後、真之介は地検の裏口近くで八潮を待ち構えていた。一瞬背筋が冷えたが、正面から相手を見据えて、会釈をした。自分は良心やまともさに恥じる真似は何もしていない。

――センセイ、ありがとうございました。おかげで死に目に会えました。

深々と頭を下げてきた真之介は真顔で言った。

――金輪際、センセイのお世話になるような仕事はいたしません。

半年後、真之介から歌舞伎町に店を開いたというハガキが検事室に届いた。

「ときに」真之介が蝶ネクタイの位置を直す。「矢守組にどんな用なんですか」

「人探しです」

――ウチにはいないなあ。見覚えもないね。

――可愛いですねえ、ウチにはもっときれいどころが揃ってますよ。

歌舞伎町のナワバリは入り組み、素人には窺《うかが》い知れない複雑さで、雑居ビルの一階と二階で異なる場合すらあった。警視庁がいくら歌舞伎町の浄化作戦を展開しても、効果は表面的なのだ。歌舞伎町が盛り場として存在し、人が集まる限り、この構図は今後も変わらないだろう。

八潮は真之介の手書きメモを頼りに三軒のクラブを回り、水割りを頼んだ。麗香こと手塚由香利と、ヒカリこと望月あゆみ。名前は当てにならない。そこで相川が入手していた写真をホステスや黒服に見せた。しかしまるで手ごたえはなく、ホステスの名刺だけが増えていくばかりだった。聞き込みの手際が悪いな、と自分でも呆れてくる。

五軒目を回り終える頃には、もう零時前だった。八潮が潰すべきクラブは店じまいの頃合いだ。昨今の暴対法強化の影響で暴力団絡みのクラブは風営法をきっちり守り、値段も相応で、ぼったくりも減った。些細な失態が上層部の逮捕に繋がりかねない。

八潮は道の端で名刺を眺めていた。クラブ美里《みさと》、クラブ白石《しらいし》、クラブ夜桜《よざくら》……。それぞれ店の住所や電話番号、ホステスの名前が印字されている。店やホステスは「3310」「4014」「4390」などと電話番号と名前の語呂合わせや、手書きのメールアドレスなどで関心を引こうと努めている。

ん？

八潮は目を止めた。急いで真之介のメモを見る。一つの名前に目が釘づけになり、つんのめるように駆け出した。

そこは、全フロアにクラブが三軒以上入る七階建ての雑居ビルだった。

クラブ孔雀《くじゃく》。名前を確かめて、重たいドアを開ける。澄まし顔の若い黒服が、慇懃に歩み寄ってきた。

「あと十分少々で閉店の時間でございますが、一時間分のサービス料がかかります。よろしいですか」

「せっかくなので」

ボックス席に案内された。客はまだちらほらいる。それとなく見回してみるも、麗香とヒカリはいない。隣に冷たいおしぼりを持ったホステスがしなやかに座り、水割りを手早く作ってくれた。お仕事は？　ご出身は？　台風の被害がそれほどでなくてよかったですよね。適当な会話を連ねていく。

「今日はお一人で？」ホステスは周囲を窺うと、声を落とした。「もう営業も終わりなのに、損しちゃいますよ」

実は、と応じると、八潮は鞄から麗香とヒカリの写真をこっそり取り出した。

「従姉妹なんですが、この頃連絡がつかなくなって。歌舞伎町のどこかにいるって噂を聞いたんです。それで歩き回ってて。見覚えはありませんか」

ホステスは写真に目を落とすと、眉の辺りを微妙に動かした。無意識の反応だろう。注意していないと見逃す程度の変化だ。八潮は返答を待った。

やがてホステスはうつむいたまま店内を素早く見回し、顔を上げてきた。

「さあ」

ほどなく時間切れとなり、店内が徐々に明るくなっていく。八潮は一時間分の料金を払い、とぼとぼと店を出た。呼び込みの勧誘をかわしつつ、孔雀の入るビルが見える、ひと気のない路地に入った。埃まみれの空き瓶や煙草の吸い殻が隅に転がっている。ひとまずここで時間を潰そう。ようやく手がかりを摑みかけたのだ。

やがて路地に吹いていたそよ風が途絶えた。

正面から人影が近づいてくる。風体の悪い輩が三人、いずれも明らかに暴力団員だった。肩を揺らし、威嚇するような歩き方だ。こんな路地に何の用が？　近道か何かか？

三人は八潮の前で立ち止まり、一番年嵩《としかさ》の男が足元に唾を吐いた。

「オマエ、何をコソコソ嗅ぎまわってんだよ」

「何のことでしょう」

「兄ちゃんよ」年嵩の男が凄んできた。「余計な真似はすんな。とっとと消えろ。それが身のためだ」

「断ったら？」

「予想はつくだろ」

八潮は視線を振った。いつの間にか路地の反対側にも暴力団風の男がいて、逃げ込めるような場所もない。どうするか。どうにかして切り抜けられないのか。咽喉が渇いてきた。膝も震えそうになる。何も案がないまま、その場で拳をきつく握った。このままぶつかる以外にない。

一歩も引かずに姿勢を正して、声を張る。

「身に覚えがないので、お答えしかねますっ」

「仕方ねえな」

年嵩の男が顎を振ると、その背後に控えた二人の若い男が出てきた。八潮は体が硬直しかけた。腕っぷしにはまったく自信がない。殺されはしないだろうが、これからの行動に支障が出るかもしれない。

その時、黒い影が真横を通り過ぎていき、そのまま八潮の前に立った。

「そこまでにしときな」

真之介だった。若い暴力団員が、真之介の胸倉に荒っぽく手をかける。

「なんだてめえッ」

「元気がいいこって」真之介の口調が時代がかったものに変わった。「アッシがお相手しやしょ」

「ああッ」

若い暴力団員は吠《ほ》えたと思うなり、後方に吹っ飛んでいた。

「お若いのがアッシをご存じないのは無理ありやせんが、そっちの古い人なら耳にした憶えがあるやもございやせん。匕首の真之介とはアッシのことでね」

年嵩の男の顔がさっと翳った。さあさあ、と真之介がドスの利いた巻き舌で迫る。

「どうしやす。このままアッシとやりあいますか」

路地を沈黙が支配した。歌舞伎町に漂うざわめきが遠く近くに聞こえる。

「……引き上げるぞ」

年嵩の男は残りの連中を連れ、路地から足早に去っていった。八潮は全身の力が抜けていくようだった。腰に手を置いて深々と息を吸い、たっぷりと吐く。

「助かりました。どうしてここに？」

真之介がくるりと振り返ってくる。

「遠くから見守ってましたんで」

八潮は目を広げた。全然気づかなかった。やっぱり自分には足を使った捜査は向いていない。

……やるしかないのだ。

「お店は大丈夫なんですか」

「ウチは不定休なんですよ」真之介は無造作に言い、にやりと笑った。「お見事な啖呵でした」

「滅相もない。膝は震えそうでしたし、咽喉はカラカラです」

「そんな風には見えませんでしたがね」

「学生時代に合唱部だったんで、声だけは腹から出るんですよ」

大声を出せることには苦い記憶もある。あれは高校の時だ。入学式で一目惚れした女の子がいて、彼女は学年の人気者だった。八潮は成就の見込みがない恋だとわきまえていたので、登下校中や休み時間に、彼女を偶然見かけるだけでもその一日を弾む気持ちで過ごせた。

三年の時に運良く同じクラスになり、ある日、街でその女の子に声をかけられた。

――一緒にカフェでもいこうよ。

八潮は舞い上がった。まさかこんな幸運が訪れるなんて、と。三十分ほどカフェで二人の時間を過ごした。会話の内容は全然憶えていない。ただ浮き足立っていただけだ。店を出ると女の子が路地に進んでいくので八潮も続くと、いつの間にかにやついた若い男たちに囲まれていた。

――カネ、貸してくれよ。

八潮は咄嗟に、前方にいるはずの女の子を見た。トラブルに巻き込んではいけないという一心から。

当の彼女は男の一人に腕を絡ませ、八潮をせせら嗤っていた。

――バカじゃないの。もじゃもじゃ頭と、好き好んでカフェに行くわけないじゃん。アンタ、わたしが好きなんでしょ。つまんない話を聞いてあげたし、楽しい時間を過ごさせてあげたんだから、早くお金出しなよ。

八潮は膝から崩れ落ちそうになった。

早くしろよ。若い男に小突かれた。三十分もアンタに付き合ってあげた報酬をくれって言ってんのッ。女の子は語気を荒らげ、苛ついていた。八潮は全身が震えた。容姿に目がくらみ、女の子の本質を見抜けなかった自分自身への悔しさで。

路地の向こう側に行き交う人の姿が見えた時、腹から声を発した。

誰か助けてくれっ――。

即座に何人かの大人が集まってきて、絡んできた連中は逃げていった。翌日、女の子は教室で屈託のない笑顔を周囲に振り撒《ま》いていた。八潮は彼女の裏側を誰にも話さなかった。弱い人間にだって意地がある。強い人間の目論見通りに動くのはご免だ。彼女の正体を明かせば、「わたしと八潮のどっちを信じる？」などと言って、ここでも八潮を貶めた挙げ句、孤立させるだろう。八潮が絡まれた証拠もない。結果的に、あんな女の体面を守る道具になり果てるのは嫌だった。

「……収穫はありましたか」

真之介の問いかけで、八潮の頭は現実に切り替わった。

「妙な連中が私の後をつけてきたのは、先ほどが初めてですか」

「ええ」

「それなら、収穫はありました」

給与は八級。菊池にはそう聞こえた、皇后のつぶやきは——。

９４８９。

電話番号の末尾だ。クラブ孔雀の。

空振りだった店で集まったホステスの名刺、そこにあった電話番号の語呂合わせでピンときた。孔雀での聞き込み後、妙な連中に襲われた事態を鑑みれば、あの店に麗香とヒカリは顔を見せている。それを嗅ぎ回られたくないのだ。孔雀の前に入った店で、彼らの網に引っかかったのではない。そうだったら、真之介が目撃している。

「この後はどうされるんで？」

「孔雀という店のホステスに当たってみます」

「さっきの件があるのに？　大胆な方だなあ」真之介は目を大きく広げ、数秒後に表情を引き締めた。「妙な連中がまた来ないとも限りません。お付き合いしましょう」

張り込み場所を変え、真之介の案内で別の細い路地に入った。斜向かいに孔雀の入る雑居ビルが見える。

零時を過ぎても歌舞伎町の人出は多い。目に眩しいネオン、にぎやかな笑い声、汗や香水のニオイがひと塊となって街を覆っている。

「センセイ、今さらなんですが、一つ聞かせて下さい。どうして私を不起訴にしてくれたんで？」

一瞥すると、真之介は神妙な面持ちだった。

「真之介さんの場合、罪に問える内容ではありませんでした」一呼吸置き、言い足す。「法を守るのも犯すのも人。私はそんな人間そのものを、本質をまともに見られる検事でいたい。外形や雰囲気などに騙されないで。それなら腕っぷしが弱い私でも誰かの役に立てます」

「僭越な言い方になりますが、立派なお心がけです。昔からそんな性格なんですか？」

「いえ。人の性根を見抜けず、苦い経験もしましたよ」

言った途端、腑に落ちた。人の性根なんて簡単には見抜けない——という原体験があるからこそ、自分は丁寧で適切な捜査に重きを置いているのだ。外見や先入観、正義などといった要素に惑わされず、まともにその人を見るために。

数人のホステスが雑居ビルから出ていく。いずれも目当てのホステスではなかった。

「私からも一つ質問を。どうして暴力団関係の仕事から足を洗ったんです？」

「あの時に言った通りですよ。センセイに恥をかかせちゃいけねえって、身に染みましてね。日本だと雇われの汚れ仕事屋、いわゆる傭兵ビジネスに先はありませんし、心のどっかで引き際を探してたんでしょう」

「日本だと？　傭兵ビジネスは世界では盛んなんですか」

「兵隊あがりのゴロツキがわんさかいますよ。東南アジアの某国じゃ、百ドルで人殺しを請け負うケースもあるらしいですね。百ドルが大金って国もありますから」

八潮はしばし絶句した。

「私には想像もつかない世界です。違うな、多くの日本人にとってですね」

「センセイはそんな世界から私を出してくれたんです」真之介はしみじみと言った。「さっきおっしゃったような心境にセンセイが至ったことに、私は感謝しないといけませんね」

高校時代の手ひどい体験や新任当時のやるかたない公判経験がなければ、いま自分はどんな検事になっていたのだろう。

人生、何が左右するのかわからない。

そして——。自分は世界の実像について、まだまだ何も知らないのだ。

4

「すみません、少しお時間を下さい」

八潮はタクシーを降りたばかりの女に声をかけた。真夜中なので警戒されないよう、なるべく明るい声を発したものの、女はぎょっとした様子で身構えている。

クラブ孔雀で八潮の隣に座ったホステスだ。

孔雀の入る雑居ビルを出たこのホステスは、靖国《やすくに》通りまで歩き、タクシーに乗った。八潮と真之介はそれを別のタクシーでつけてきた。歌舞伎町界隈で声をかけると、ホステスに累を及ぼしかねない。あの辺は暴力団員だらけで、矢守組の構成員がいてもおかしくないのだ。到着したのは千駄ケ谷の閑静な住宅街にたたずむ、まだ新しいマンションだった。

「先刻はお店で失礼しました」

「あ……」ホステスは小さな声を発して、携帯電話を取り出した。「あの写真の件なら知りません。だいたい、つけてきて何なんです？　警察呼びますよ」

「別に構いません。明日、正式にあなたの事情聴取を求めるまでです」

「事情聴取？　警察官なんですか」

「いえ。検事です。検事があなたを聴取するとなれば、私が見せた写真の二人のように、組織はあなたをどこかに運ぶのでしょうね」

カマをかけてみると、ホステスは顔をやや強張らせて視線を落とした。八潮が言葉を継がずにただ見つめていると、ホステスは観念したように言った。

「近くに小さな公園があります。そこで」

公園の入り口を真之介に見張ってもらい、八潮とホステスはベンチに並んで腰かけた。ジャングルジムとブランコだけがある、本当に小さな公園だ。街灯に蛾《が》や小さな羽虫が群がって飛んでいる。

「検事さんが何の用なんですか」

「お店で尋ねた通りです」八潮は再度、麗香とヒカリの写真を見せた。「この二人を探しています。居場所を教えて下さい」

「どうして私に」

「ご存じなんですよね。顔に出てましたよ」

他店のホステスには見られなかった反応だ。

「ここで話せば、巻き添えを食う。そう不安になって、店では知らないふりをした。閉店後、黒服か誰かに聞かれ、正直に伝えた。違いますか」

八潮はホステスの横顔に物柔らかく問い質した。

数秒の間があり、ホステスは真正面を見たままこくりと頷いた。

「いま孔雀にいる女の子で、あの二人を忘れたコはいないはずです。タダで海外に行けるって、すごく浮かれてたので。ああいうコに珍しく、店の女の子全員に、地元の名物だっていう一個がすごく大きなシュークリームも配ってたし」

地元の名物、か。湊川の店だろう。八潮は甘いものに興味がないので、どこの店の商品かは見当がつかなかった。

「ああいうコ——というと、今までも二人のような女性が店にいたんですね」

「短期アルバイトのような形で。女の子の入れ替わりは結構激しいから、私はこの一年くらいのことしか知りませんけど」

「この二人はいつ頃孔雀に現れ、いつまでいました？」

「来たのは一週間くらい前です。昨日まで働いてました。今夜もシフトに入ってたんですが、お休みというか退店したみたいです」

タッチの差だった。久保の死を知り、バッジ側は湊川地検が本腰を入れて二人を捜索すると読んだ？　となると、もう機上の人？

「海外の行先を具体的に言ってましたか」

「ベトナムとかフィリピンとか、東南アジアのリゾート地をタダで回れるそうです」

またベトナムとフィリピンが出てきた。

「二人がどこにいるかはご存じで？」

迷うような間があった。

「……ああいうコ、『また店に来るね』とか『連絡する』って言うんです。でも、誰一人実行したコはいません。短期バイトなので、その程度かもしれないけど、ＳＮＳ全盛の時代、海外のリゾート地をタダで回るだなんて自慢したいじゃないですか。なのに誰もＳＮＳすら更新しないんです」

麗香やヒカリたちは、ＳＮＳを使わないよう吉村側に言い含められているのだろう。八潮はそれを告げなかった。

「ウチの店のバック、ご存じですか」

「なるほど。海外に売られた、とお考えなんですね」

「そんな時代じゃないのはわかってるんです」ホステスは弱々しい声で続けた。「でも、ひょっとしたらって出来事があって。三ヵ月前、東南アジアを旅行したんです。その時、ホテルの人に『絶対に行っちゃいけない』って言われたエリアに、怖いもの見たさで足を向けたんです。男友達も一緒だったので。私娼窟《ししょうくつ》って言うんですか？　ああいう場所です。そこに、前に孔雀で一週間くらい働いたコとそっくりのコがいて」

ホステスはしずしずと両腕を交差して体に巻きつけ、上体を震わせた。

「目が合いました。彼女は口を開けたんですけど、ウーウー言うだけで。舌を切られてたんです。私、怖くなってすぐに男友達の腕を引っ張って逃げちゃって……」

八潮も学生の頃、海外でさらわれた日本人が腕や足を切られ、見世物小屋にいるという噂は何度も耳にした。当然、作り話だと思っていた。だが、真之介に聞いた傭兵ビジネスの話もある。何が起きていても不思議ではない。

ホステスは決然と顔を八潮に向けた。

「もし、あの二人も売られたんだとしたら、助けてくれますか」

「もちろんです」

八潮は即答した。


青山の住宅街にある、瀟洒な低層マンションだった。古くても管理が行き届いているのは外壁やエントランスの具合で見て取れる。ベランダは広く、ワンフロアに三室の六階建て。どの部屋も灯りはついていない。

――青山霊園に近いマンションに、一時的にいるって聞いたんです。フェニックス青山霊園。そんな名前つける？　そう笑ってました。

孔雀のホステスに聞き、八潮たちはタクシーでやってきた。ホステスも部屋番号までは知らなかった。

「四〇一号室でしょうね」

「どうしてです？」と真之介が訝った。

「集合ポストの四〇一号室だけ、チラシなどが結構たまってます。これだけのマンションです。住人も裕福な方々。そういう人は集合ポストの管理もしっかりやる傾向が強い」

マンションはオートロックではなく、日中は管理人がいるタイプだ。その管理人室のカーテンはもう閉まり、ひと気もない。二人はエレベーターで三階に上がった。

電気メーターはかなりゆっくり回っている。冷蔵庫やテレビの待機電力だろう。この暑さにもかかわらず、エアコンはついていない。八潮は腕時計に目を落とした。一時過ぎ。インターホンを押すには遅すぎるが――。

八潮はインターホンを押した。在宅していたら、謝り倒せばいい。チャイムの残響が部屋の奥から聞こえ、人が動いた音はしない。もう一度押した。やはりチャイムの音が漏れ聞こえてくるだけだ。不在か。一歩下がった時、視界の隅に白い何かが映った。

……ドアの下部から白い布がほんのわずか出ている。ハンカチのようだ。八潮は腹を括り、ドアノブを握ってみる。

開いた。鍵がかかっていない？

「センセイ――」

真之介が囁いた。八潮は振り返り、言った。

「ここで何か問題が起きれば、『緊急事態だった』で押し通しましょう。私の身分も役立つはずです」

心の中で一、二、三と数え、ドアをそっと引き開けた。

部屋の奥は真っ暗だった。玄関に落ちた白いハンカチ。耳を澄ます。何も聞こえない。自分のハンカチを取り出して、指紋がつかないように玄関の灯りをつけた。二人で玄関に入ると、どこにも触らないで下さい、と真之介に注意を与え、部屋の方に向き直った。

「誰かいませんか。検察です」

返事はない。空気が動く気配もなかった。

「真之介さんはここで待機して下さい」

八潮は靴を脱ぎ、廊下を進んだ。鼻をひくつかせる。大丈夫だ。血や死体のニオイはしない。司法研修生の時、解剖を見学しているので死体のニオイは知っている。一度嗅いだら、あのニオイは忘れられない。

かなり広い部屋だった。優に三十畳はありそうな居間、二つの洋室、和室、キッチン。どこにもいない。風呂にもトイレにも。二人がここで殺されている、そんな最悪の状況ではなかったが……。

慌てて出ていった形跡がある。居間のテーブルには、飲みかけの大きいサイズのペットボトルが出ていて、グラスにもお茶が入ったままだ。タオルや布巾も使ったものが置いてある。八潮は洋室のベッドルームに戻った。タオルケットがくしゃくしゃになり、シーツも皺が寄っている。フローリングの床には脱ぎっぱなしのTシャツが二枚、落ちていた。玄関に落ちていたハンカチもある。麗香とヒカリは相当急いでいたのか。それでもボタンを押すだけでいいので、エアコンと灯りは消したのだろう。

ベッドに手を当ててみた。

まだ温かい――。

八潮が二人を探しているのを考慮し、どこかに移動させられたのか。

5

張り込みをした後、内幸町《うちさいわいちょう》にあるホテルに戻ったのは午前十一時過ぎだった。他の応援事務官や検事とかち合いたくないし、フェニックス青山霊園の管理人に話を聞く必要もあった。麗香とヒカリは、確かに昨日までは部屋にいたという。管理人が日中にマンション前を掃除していると、二人がコンビニのレジ袋をぶら下げて戻ってきたそうだ。

――あの部屋は結構入れ替わりが激しいんです。あっちの筋が借りてるらしくて。又貸しの恰好ですけど、管理会社も私も口を出せなくて。

ホステス二人に至る細い糸が切れてしまった。時間を自由に使えるのは、今日を含めてあと二日を切っている。どう辿ればいいのか。

エントランスを抜けようとした時、走り寄ってくる人影があった。昨晩の一件もあり、八潮はいささか身構えて振り返った。

「検事、お疲れ様です」

渡部だった。にんまりと微笑んでくる。心の奥があたたかくなる笑みだった。

「明後日から八潮検事同様、特捜部の応援に入ることになりました。前任者と入れ替わりです。よろしくお願いします」

伊勢は早速手回ししたらしい。

「仕事は明後日からなのに、到着が早いですね」

「善は急げ、ですよ。検事を支えるのは私の仕事です。朝一番の新幹線で来ました」渡部が声を潜めた。「例の調査をされてるんですよね。そのお手伝いもしないと」

「今回の事案について、どこまで話を聞いたんです？」

「三好さんと伊勢さんにひと通りレクチャーされました」

八潮は、渡部を参加させるのを渋る伊勢に『東京なら危険は少ない』と主張した。だが、実際は自分の読みは甘かった。昨晩のように東京でも極めて危ない目に遭う。渡部を見て束の間弾んだ気分も、彼女を守らないと、という責任感に覆い隠されていった。

「それで私は何をすればいいですか」

「もしかして、その指示を受けるためにエントランスで待機してたんですか」

「ええ。下手に電話を入れない方がいいかと。何か大事な業務をされてる最中だったらマズイので」渡部が左右を見渡す。「三好さんに送信されてきた動画について、どこかで報告したいんですけど。ドイツ語の書類の件です」

ホテル近くの喫茶店に移動した。時間帯がまだ早いのか、客はそれほどいない。一番奥のテーブル席で向かい合った。二人のアイスコーヒーが運ばれてくると、渡部が囁くように口を開いた。

「ジャスミン・ガルシア・サントス。この女性は、火事になった『美美』のママです。海外渡航――密航ですね、その手伝いをするのと引き換えに、弟を大手スーパー・ミナトのASEAN支社の事業担当部長にする、という覚書でした。そこに吉村泰二の裏書があったわけです。ちなみにASEAN支社はベトナムのハノイにあります」

美美、ミナト、吉村が繋がった。吉村の振る舞いが犯罪行為に当たるとしても、このままでは公判で証拠能力を問われる。菊池が書類の映像を入手した方法に問題がありそうなのだ。本文もなく動画を送信してきた点からして、切羽詰まった状況だった――おそらく盗み見ていた時にトラブルが起きたに違いない。適切に入手したのなら、これまで通りの方法で提供してくるだろう。秋元法律事務所に証拠提出を求めても、「そんな書類は存在しない」と突っ撥ねられかねず、関係者の証言が要る。

けれどもジャスミンは意識不明の重体で、菊池は行方不明だ。残すはジャスミンの弟と吉村、ミナトの上層部。吉村やミナト上層部が書類の存在を認めるとは思えない。ジャスミンの弟はどうだろう。……自分の身分を守るため、存在を認めない公算が高い。そもそも覚書の存在を知らない可能性すらある。

「どうしてドイツ語なんでしょうね」

「英語だと読める人が多いからじゃないのか、と相川検事はおっしゃってました。ちらっと見られただけで解読されかねません。ドイツ語だと、その心配はまずしなくていいので。私はもう一つ要素があると睨んでます。ベトナムにはドイツ語を話せる人が結構いるんです。冷戦時代、東ドイツとベトナムは社会主義陣営同士、行き来があって。ベトナムから東ドイツに多くの人が出稼ぎに行ってます。私の向こうの友人にもベトナム系ドイツ人がいますよ。吉村側にベトナム語を使える人もいないでしょうし」

冷戦、東ドイツ、社会主義陣営。もうほとんど聞かなくなった過去の言葉たちで、現実感は薄い。その反面、伊勢の身内や久保、ジャスミンに起きた惨劇を重ねると、どこか生々しく聞こえてくる。

八潮はアイスコーヒーを一口飲んで間を置くと、尋ねた。

「フィリピンにミナトの店舗はあるんですか」

「いえ。ありません。計画も発表になってません」

「妙ですよね、ジャスミンはフィリピン人です。伊勢さんによると、久保さんは日本人だと目していたようですが、どちらにしろベトナムとは無関係。いくらＡＳＥＡＮで括ろうと、ジャスミンの弟は海を渡って、縁もゆかりもないベトナムに行くわけです」

「フィリピンにバッジが影響力を持つ企業がないとか、ミナトがフィリピン進出も視野に入れているとか」

どちらもありうるが、それだけだろうか。引っかかりが消えない。八潮は内心で首を振った。それは相川と三好に任せればいい。自由に使える時間も少ないのだ。自分は消えたホステス二人の追跡に専念しよう。

八潮は昨晩の出来事を簡潔に伝えた。

「惜しかったんですね。まさにあと一歩。深夜に逃げこめるとすれば漫画喫茶、カラオケ、知り合いの家といったところでしょうね」

どのケースも探しようがない。都内に漫画喫茶やカラオケはかなりあるし、ホステス二人の知り合いも把握できていない。そのため昨晩も、朝まで青山のマンションを張るしかなかった。

渡部が眉を寄せた。

「素朴な疑問なんですけど、密航の渡りをつける店だとしても、バッジ側はどうしてそこで働かせるんでしょう。美美にしても孔雀にしても」

「ストレス解消のためですよ。籠もっていると、人間はどうしてもストレスが溜まりますから。我々だって二十四時間検事室に籠もるとなれば、そこがいつもの職場だとしてもかなりストレスが溜まりますよね。彼女たちもイライラして扱いにくくなるだろうし、不測の事態が起きたり、秘密を漏洩されたりするリスクも増してしまう。そこで日常とあまり変わらない環境として、ホステスという役割を与えてるんでしょう」

なるほど、と渡部は納得していた。

喫茶店を出ると、八潮は着替えのためにホテルの部屋に戻った。仮眠をとるべきだが、正午にホテルのロビーに出て、渡部と合流した。眠気はないので、ひとまず食事に出る予定だ。

ご苦労様です。ロビーからエントランスに向かう間に何人かの従業員に挨拶された。彼らは、八潮が地方から東京地検に応援に来た検事だと知っている。このホテルは検察御用達で、応援検事の定宿だ。

「すっかり顔馴染みなんですね」

「じきに渡部さんもそうなりますよ」

一ヵ月も同じホテルに宿泊していれば、誰だってこうなる。ルームサービスの時間がとっくに終わった深夜に戻っても、最近は頼めば「簡単なものなら」とサンドイッチ類を用意してくれるほどだ。

そんな説明をすると、渡部は口笛を吹く真似をした。

「無理が利くんですね。ＶＩＰみたいです」

「本当に……」

八潮はハッとした。その場に立ち止まり、渡部の華奢な両肩に手を置く。

「それですよ。お手柄ですっ」

渡部は戸惑ったようでもあり、嬉しそうでもあった。

紀尾井町《きおいちょう》の高級ホテルのロビーは土曜の大安とあって、結婚式に出席する着飾った人たちの出入りが多かった。八潮と渡部はロビーの一角の席を確保していた。

消えたホステス、麗香とヒカリ。青山のマンションを飛び出て、向かった先はこの高級ホテルではないのか。なぜなら——。

ここのスイートルームを吉村は通年で借りている。派閥の会合や、多様な相談をするためだ。つまり、顔が通じているので無理が利く。しかもこのホテルなら深夜に急き立てられてマンションを出た人間の不満を、最小限に抑えられるだろう。

八潮はさりげなく受付の辺りに視線を置いていた。消えたホステス二人の顔はもう頭に入っている。

このホテルでパーティー会場に行くには、専用のエレベーターが三基ある。ただし客室に行くには、長いカウンターの受付前を通り、少し先のエレベーターホールを利用する以外にない。従業員用のエレベーターと階段もあるが、ホステス二人が利用する可能性はゼロに近い。姿を見られれば、従業員の間で何事かと噂がたつ恐れがあるからだ。よほどの緊急事態でない限り、一般の客と同じ行動をとる。

自分たちが宿泊客に見えるよう、八潮も渡部も砕けすぎない程度のカジュアルな装いだった。渡部が来てくれて良かった、と心から思う。男女二人ならこうしてホテルで張り込んでいても、あまり怪しまれないし、男には考えが及ばない面も指摘してくれる。

——この顔立ちなら、すっぴんでも余り印象は変わりませんね。

先ほど渡部はそう分析した。

八潮の携帯にメッセージが届いた。

『差し当たり、怪しい人物は見かけません』

真之介だ。自分の風貌はホテルだと目立つので、外で矢守組系の連中が来ないか見張ってますよ。そう言ってくれた。一時間ごとにこうしてメッセージをくれる手筈《てはず》になっている。

ホテルに入り、すでに三時間以上が過ぎていた。相変わらず、引き出物の紙袋を持った老若男女がロビーを行き交っている。

張り込みを始めた直後、伊勢には連絡を入れた。秋元法律事務所の協力者を通じて、この高級ホテルに消えたホステス二人が宿泊していないのか、いるなら部屋番号を割れないか——と。まだ折り返しの連絡はない。伊勢の線で辿るのは難しそうだ。吉村は湊川にお国入りしているので、秋元にいる協力者も何か手伝いに駆り出されているのだろう。

今はここで待ち続ける以外に手はない。

着飾った人たちが多い分、目につく男女がいた。どちらも夏なのに紺のスーツという堅い服装だ。

その二人が並んで受付前を通っていく。長い黒髪が印象的な女性は手に紙袋を持っており、それは見覚えのあるデザインだった。

「あれ、『高山』の袋ですね」渡部が小声で言った。「山っかわにある、老舗の洋菓子店です。あの二人、湊川から来たんですね、湊川にしか店舗がないので」

確かに紙袋に『高山』と書いてある。どうりで見覚えがあるわけだ。休日、湊川の繁華街を歩くとあの紙袋をたびたび目にする。

「おいしいんですか」

「え、食べたことないんですか。あんな超有名店なのに」

「はあ」

今度一緒に食べましょう、という一言が咽喉から出ていかない。本当に自分はつまらない男だ。

渡部が羨《うらや》ましそうに続ける。

「なんだか、高山のシュークリームが食べたくなっちゃいました。一個が大きくて、クリームはずっしりしてて……」

それは——。

八潮は弾かれたように素早く腰を上げ、足早に歩き出した。背後では渡部の足音も続いている。八潮は受付に会釈して、客室に続くエレベーターホールに向かった。正式な捜査ではないので、ホテル側に宿泊名簿の提出を求められなかったものの、各階に自由に行けるよう話をつけている。もちろん、捜査内容については明かしていない。

エレベーターホールに高山の紙袋を持った男女の姿はなく、十基のエレベーターのうち上昇中なのは一基だった。その一基は止まることなく十七階まで行き、十数秒後、降下してきた。

「どうしたんですか」

渡部が声を潜めて尋ねてきた。

「消えた二人のホステスは、地元名物のシュークリームを孔雀で配ってたんです。そのシュークリームと、高山のものとの特徴が一致してます。さっきの二人は、高山のシュークリームを手土産にホステスの部屋を訪れたのかもしれません」

「なぜです？」

「今日は土曜。ホテルの利用客も我々のようにそれほど堅い服装じゃありません。結婚式の参列者なら男性は白か銀のネクタイを結びますし、女性はもっと着飾るのが礼儀でしょう。けど、あの二人は夏なのに上着まで羽織ったスーツ姿でした。それも目立たないのを優先したような、地味なスーツです」

「まだよく摑めないんですが」

「今日、バッジは湊川にお国入りしてますよね」

あの二人は吉村の秘書ではないのか。政治家秘書という仕事柄、彼らは夏でもよくスーツを着ている。新幹線や飛行機を使えば、この時間に東京に戻ってこられる。『ちょっと様子を見てこい』とでも言われたのではないのか。

「十七階に行きますか」

渡部が急き込んで訊いてきた。

「いや。どの部屋に入ったのかがわかりません。出てくるのを待ちましょう」

自分が二人を尾行するしかなさそうだ。どちらかはこのままホテルでホステス二人が現れるかどうかを監視していないと。

元の場所に戻り、二人のホステスと秘書らしき男女を待った。チェックインの時間を迎え、受付はかなり賑わってきて、外国人観光客の姿も多い。

中国系の観光客の集団が大声で話しながら、エレベーターに向かう。その後に東南アジア系の観光客が続いた。中にはキャップを目深にかぶり、Tシャツにジーンズ姿なのに、ビジネスマンが使用するようなアルミのアタッシュケースだけを持つ者もいる。

八潮たちは、秘書と思しき男女が出てくるのをひたすら待った。

6

二時間後、秘書と思しき男女が粛然とした面持ちで、受付前を足早に通り過ぎた。高山の紙袋はもう持っていない。

渡部をその場に残して、八潮は立ち上がった。すると客室に続くエレベーターホールの方から、東南アジア系の中年男性がやってきた。キャップを目深にかぶり、Tシャツにアルミのアタッシュケースを持った男だ。秘書らしき男女と距離をおくために八潮が立ち止まっていると、目の前を帽子の男が足早に通り過ぎていく。

男からは真夏のニオイがした。子どもの頃、公園で打ち上げ花火や線香花火で遊んだ後のような……。

「ヘイ、ズィー」

八潮は気楽な調子で、男の背中に簡単なドイツ語で声をかけた。以前、渡部に軽く習っていたのだ。

――新橋のお店なら絶対にドイツ人スタッフがいるはずです。ドイツ語で話しかけたら、きっとサービスしてくれますよ。

やおら男が振り返ってきた。顔の皺の具合を見ると中年というより、もう六十歳に手が届く頃合いか。もっとも海外の人間の老け方は日本人と違うので本当のところは判然としない。八潮は微笑みかけた。

「チュース」

「チュース」

男は無愛想に冷たい声を発すると、背を向けてまた歩き出した。あの男はドイツ語を理解しているのだ。しかし、明らかに東南アジア系の顔立ちだった。ひょっとして……。

「何階ですか」

唐突に背後から声をかけられた。八潮は振り返るなり、唖然《あぜん》とした。

伊勢――。

それも髪は真っ黒だ。それだけでまるっきり印象が違う。

「どうしてここに？」

「話は後です。まず上に行きましょう」

伊勢に腕をとられ、八潮の頭は切り替わった。歩きながら携帯電話を取り出して、真之介に今の男の容姿を告げた。続いて渡部に秘書らしき男女を追うよう指示した時には駆け出していた。伊勢がぴたりと並走してくる。

運良くエレベーターが一階に止まっていて、二人で乗り込んだ。二、三、四と数字が上がっていくのがもどかしい。

久保はベトナム人に襲われた、海外密航の窓口だった「美美」は火事になった、一階で声をかけた東南アジア系の中年男はドイツ語を理解していた、そして吉村の秘書と思しき男女が十七階を訪れている。

　八潮は緊張で手の平が汗ばんできた。

「伊勢さんが自ら来たということは、やっぱり二人のホステスはここにいる可能性が高いんですね。二人は大丈夫でしょうか」

「行けばはっきりします」

　外見はいつもと違うが、物腰は通常の伊勢だ。まったく動じていない。凄絶な人生経験がこの伊勢を作り上げたのだろう。その伊勢を慟哭させた久保の死。衝撃の大きさはいかばかりだったのか。エレベーターが止まり、ドアが開いた。

　十七階フロアは静かだった。客室が左右に連なっている。

「部屋は？」

　伊勢は淡々と尋ねてきた。

「そこまでは割ってません」

「そうですか」

　なおも伊勢の落ち着きは一切揺るがない。

　八潮は鼻をひくつかせた。右の方から煙のニオイがかすかにする……気がした。

「伊勢さん、私は右に行きます」

「承知しました。では、私は左に。気をつけて。無理は禁物ですよ」

　八潮は右に踏み出した。次第に歩みは速くなっていった。徐々に煙のニオイが濃くなっているようだ。一七二三、一七二四、一七二五、と次々に客室ドア前を過ぎていく。

ドアの下部から煙が出ている部屋があった。八潮は駆け寄った。

一七四九。ドアを力強く叩く。

「大丈夫ですか、どうかされましたか」

返事はなく、煙も止まらない。

ボンッ。

扉の向こうで大きな破裂音がして、思わず身を引いた。漏れてくる煙が一段と濃くなっていく。

「火事だッ。逃げろッ」

八潮は腹から声を張った。たちまち他の客室から宿泊客が飛び出てきて、我先にと非常口やエレベーターホールに走っていく。

伊勢がその波に逆らうようにこちらにやってくるのが見えた。八潮はドアに向き直り、力任せに叩きまくる。

一七四九からは誰も出てこない。八潮はドアノブに手をかけた。当然オートロックなので開かない。ドアノブがガチャガチャいうだけだった。

消えたホステス二人はこの部屋にいて、秘書や先刻の男に何かされて逃げられなくなっているのではないのか。

「大丈夫ですかっ」

八潮は腹から声を張り上げ、再び力の限りドアを叩いた。煙は廊下の天井に達し、刻一刻と分厚さを増しながら左右に広がっていく。八潮は何度も咳き込んだ。

八潮検事、と肩に手を置かれた。ここに至っても伊勢の口ぶりに乱れはない。

「この場から離れましょう」

「だめです、助けないとっ」

八潮は振り向きもせずに応じた。

ぐっと肩に伊勢の指が食い込んできた。

「もう判明したじゃないですか。なのに、八潮検事が怪我をしては元も子もありません」

え……？

荒々しい足音がした。

「お客様っ。お下がりくださいっ」

エレベーターホールの方からホテルの従業員が身を屈めて、駆け寄ってきていた。一階に下りた宿泊客がフロントなどに異変を伝えたのか。

ほどなくドアの下部から水が漏れ出てきた。室内のスプリンクラーが作動したのだ。八潮は伊勢に促されるようにドアの前から離れ、口元にハンカチを当てた。


十五分後、駆けつけた消防隊員がドアを開けた。

誰もいないぞッ。

煙がまだ充満する中、消防隊員の大声が飛び交っている。八潮は伊勢や従業員とともに、部屋から数メートル離れた廊下に立っていた。

一七四九号室には誰もいない？　横目で伊勢を窺う。

伊勢は真顔で、驚いた様子は微塵もない。

その時、八潮の脳裏に一筋の光が走った。

7

「すみません、撤かれました。あの男は何者です？　素人じゃなかった」

真之介は恐縮した声音だった。あの東南アジア系の男は、いくら退いているにしても、その筋で腕利きのプロだった真之介を振り切ったのか。

「こちらこそありがとうございました。お手伝いはここまでで結構です。またお店に伺いますので」

八潮が通話を切った途端、渡部からの着信が入った。

「ビンゴです。あの二人、永田町《ながたちょう》の議員会館に入りました。部屋までは確認できてませんが」

「お疲れ様です。背後に気をつけて、私たちが泊まるホテルに戻って下さい」

八潮は電話をポケットにしまった。渡部は伊勢について何も尋ねてこない。伊勢と短い会話をした場面を現認したはずなのに、それと気づいていないのだ。

ホテルのロビーは火災の余韻を引きずっていた。消防隊員によると、火元はベッドの辺りらしい。宿泊客は若い女性の二人組で、ホテルの宿泊名簿に書かれた連絡先は不通。名前は麗香とヒカリではなかったが、おそらくあの二人だろう。彼女たちがどこに消えたのかは定かでない。

深い息をついた。あと一個ピースが揃えば——。

ポケットで携帯が震えた。湊川地検の代表番号が表示されている。

「シュークリームを取り出せば、五百万くらいは入ります。でもシュークリームを残したままだと、何個入りの箱だろうと一、二万しか入りません」

三好は粛々と言った。

一時間ほど前に電話をして、実証実験を頼んでいたのだ。洋菓子店の『高山』の箱にどれくらいの現金を入れられるのかを。マル湊建設の社長は、『二百万円を包んだ』と供述しており、それが可能なのかを検証したかった。

これで間違いない——。

八潮はホテルの太い柱に寄り掛かったまま、少々離れたソファーセットに座る伊勢を眺めていた。火事騒ぎの後、伊勢は黙然と口を結び、一心に思考を巡らせている。その邪魔にならないよう八潮も声をかけなかった。そろそろいいだろう。

通話を切ると携帯をしまい、歩みを進め、伊勢の隣に腰掛けた。

「伊勢さんの読み通りですよ」

無言のまま伊勢は、顔だけをこちらに向けた。

一七四九号室が無人だったのを知り、真顔の伊勢を見た時、八潮は一つの帰結を見出したのだ。

「麗香とヒカリ、このホステス二人はダミー証人です」

「というと」

「火事は人の目を引きつけるための罠です。騒ぎの隙に誰かの手引きでこのホテルからも抜け出したんでしょう」

——行けばはっきりします。

——もう判明したじゃないですか。

どうせ二人を取り逃がすと見越していたからこそ、伊勢は落ち着いていたのだ。伊勢は目顔で続きを求めてきた。八潮は口を開いた。

「バッジ側はこのホテルに二人のホステスがいると湊川地検が摑んだ場合に、彼女たちを逃がす作戦を用意していたんです。私が昨晩彼女たちに肉薄したこともあり、その時が迫った認識もあった。むしろその時を待ち受けていたとも言えます。ここまでして逃がす以上、誰だって普通は本物だと信じ、地検側は是が非でも身柄を確保しようとする。バッジ側はいずれ確保させる腹積もりでしょう。マル湊建設社長を無罪にするためにです」

八潮は息継ぎし、言い足していく。

「バッジ側は、地検側が『菓子折りに金を入れた』という供述を軸に事件を組み立てるよう仕向けてきたんです。マル湊建設社長は『どこの菓子折りだったかは憶えてない』と話してます。そこで二人のホステスに調べの段階ではマル湊建設社長の供述と話を合わせさせ、公判で『あれは高山の菓子折りだった。検察の聴取後、その場でシュークリームを食べた記憶が蘇った』とでも証言させるんです。三好さんによると、シュークリームの入ったままの高山の箱に二百万円を入れるのは不可能なんです。これで菓子折りに金を入れる行為が成り立たなくなります」

いくら公判での供述より検面調書の方が信用されるといっても、土台が揺らげば、その他の証拠もぐらつく。

「その後、マル湊建設社長が『早く取り調べから解放されたくて、ついた嘘。後悔している』など言い出せば、検察の杜撰《ずさん》な捜査による見込み違いの事件だった――という結論に至るのは決定的です」

自宅の冷蔵庫を想起した。自分が持ち出したマル湊建設の裏金捻出メモも、やはり裏がありそうだ。八潮は続ける。

「バッジ側は近頃、周辺が次々に逮捕されてます。これはその名誉挽回《ばんかい》策であり、検察への反撃でもあったんでしょう」

自分たちでつけた火を、杜撰な検察による〝言いがかり〟として消すことで、『自分たちは暴走する捜査当局の被害者』という印象を社会に植えつける計算だ。これまでの周辺者の逮捕も、無理矢理の筋立てによる冤罪《えんざい》ではなかったのかとの疑惑も生じさせられる。マスコミも社会も法律に疎く、本当に正当な捜査だったのかを立証する能力はない。専門家がテレビなどでコメントしても、所詮は外部の人間。何人も検察から捜査資料を取り寄せられないので、疑惑を払拭できるわけがない。「検察は無能だ」という評価だけが一人歩きしていく。

「私も同感です」

伊勢は厳とした口つきだった。マル湊建設社長の供述は出来過ぎのきらいがある。そのため、ホステス二人の聴取が不可欠だった。伊勢なら、はなから二人のホステスを『ダミー証人』だと見抜いていても不思議じゃない。

伊勢の言葉は続かず、八潮が話を継いだ。

「なのでバッジ側は、万が一にもホステス二人が死んでは困る。だからこのホテルだったんです。二人を焼死させてしまうつもりなら、消火設備の整っていないマンションの一室か店を使えばいい。美美のジャスミンを消そうとしたようにです。ここのような大型ホテルにはスプリンクラーもあり、もし手違いがあっても大火事にならず、被害は最小限で済む。だいたいホステスを始末するだけなら、他にも色々と方法は講じられます」

伊勢の顔色は変わらない。母親や妹一家の惨劇が頭をよぎっただろうに。

ここで失敗しても湊川地検――伊勢は再び吉村の立件に乗り出すだろう。地検としては自分たちの見立てが間違っていなかったと証明しなければならないし、伊勢にとっては長年の宿願なのだ。ただし、立件までのハードルはかなり高くなる。よほど固い証拠を手にできない限り、上級庁から捜査にストップがかかる。再び立件できなければ、標的ありきの国策捜査だと非難され、湊川地検だけでなく検察全体の存在価値に疑問符がつきかねないためだ。現在、ただでさえ検察への信頼は東西の特捜部の不祥事でガタ落ちしている。組織改革に乗り出したが、結局それは何の効果もなかったと断じられ、組織の存続自体が問われ出す局面だけは避けたい。

狙い通りに進んでいれば、吉村はしばらく枕を高くして眠れた。その間、自分の身に火の粉が降りかからないよう様々な手も打てる。

自分たちは安全圏に逃げられ、捜査当局の動きも凍らせられる策――。

かなりしたたかな人物が仕掛けてきたのだ。並の人物には浮かばない発想だし、秋元法律事務所側からの提案でもあるまい。吉村側にも一時的に名声が下がるリスクを生じさせるのだ。秋元ほど老練な弁護士なら、策が成功しても名声が上がらない場合も想定する。そうなった時、どんなに近しい関係性でも責任を負えないので、たとえこの策を思いついても提案はできない。一体、誰がこんな策謀を巡らせたんだ?

「絵を描いたのは、吉村が肯ずるほどの側近ですよ」伊勢がさらりと言った。八潮の疑問を読み取ったかのようだった。「バッジの事務所には先代から仕え、事務所のすべてを差配する女性秘書、須黒清美がいます。彼女なら可能でしょう」

湊川の皇后か。

「では、あの東南アジア系の男は何者なんでしょう。須黒の——皇后の差し金でしょうか」

「おそらく。例の『美美』に放火した者でしょう」

八潮の見立てとも一致するが、所詮は当て推量の域を出ない。伊勢なら何かその根拠を語れそうだ。

「どうしてですか」

「八潮検事と対峙《たいじ》していた時の雰囲気です。裏の気配がしました。バッジの先代は国際派で、冷戦中も超党派議員団の団長として社会主義の国を含む東南アジア周遊に出てます。冷戦後、社会主義陣営では汚れ仕事を担った連中は失業した。現在のバッジが父親のツテを使い、その一人を拾っていたら？」

東ドイツで、こういった秘密工作の訓練をした人間か。伊勢の身内に起きた出来事を鑑みれば、あながち突飛とも言えまい。突飛どころか、伊勢の境遇からしてむしろ八潮の胸には鋭利に迫ってくる。

「八潮検事もご存じの通り、どの国にも利権に群がる連中はいます。バッジが手を組む相手も、表の人間ばかりではないですしね」

伊勢家の惨劇は、吉村家の意を受けた国内の裏社会の住人が引き起こしたのだろう。だが、最近は暴対法強化の影響で彼らも組織が弱体化しており、荒っぽい仕事には手を染めない傾向にある。現に真之介に簡単にあしらわれていた。あれは真之介の名声や腕っぷしだけでなく、彼らが暴力を敬遠し始めている証左だ。そこで吉村側は海外の組織、その傭兵を使ったと伊勢は睨んでいるのだ。冷戦中に荒っぽい仕事をしていた連中は各国を渡り歩き、その技術を売っているとも聞く。自分も含め、多くの人間が勘違いしているのか。確かに冷戦構造は消えた。しかしそこで必要とされた能力や仕事、特に暴力に関わるものは今もなお身近に存在している。世界にはたった百ドル程度で殺人を請け負う者がいる地域すらある。

八潮の中で想像の線が伸びていった。

先代からよしみを結んだ相手がベトナムにいるのだろう。菊池が送ってきた、ドイツ語の書類データの裏側も透けていく。

「バッジ側はミナトの進出を餌にしてその土地の住民の心理を利用するだけでなく、利権に群がる現地の裏社会も使ってるんですね」

「おそらく」

だから美美のママ、ジャスミンの弟はフィリピンからベトナムに行った。現地の取引相手——裏社会に渡す人質の意味合いもあるのだろう。

伊勢は顔をロビーの方に戻した。八潮もつられてロビーを見やる。結婚式に参加するために着飾った男女が消防隊員を不安そうに眺めている。

「いつ黒髪に染めたんです?」

「つい数時間前に。便利な世の中で助かります。洗えば白髪に戻るので」

伊勢は妹一家の事故後、一夜にして髪が真っ白になった。それまでは妹と姪に『白髪が目立ってきたから、黒く染めた方がいい』と助言され、実行していたが、事故を境に白髪で通すと決めている。事故の真相を暴くまでは、と。

その決意の表れだった白髪を一時的にしろ黒くしたのだ。ここに伊勢がいる現実を考えれば、その事由は一つに絞られる。

「伊勢さんの顔を知る人間を尾行するためですね。そしてこのホテルに辿り着いた」

「概ねその通りです。東京まで来るのは想定外でした」

伊勢の声調が心持ち落ち、八潮は再び隣を見た。

「尾行対象は、バッジの秘書ですよね」

「一人は」

伊勢は正面を向いたまま応じた。その眼差しはぞっとするほど冷ややかだった。

吉村の秘書たちが現れたのは、伊勢に電話をして数時間後だ。タイミングが良すぎる。新幹線の乗車時間を加味すれば、ぴったりと嚙み合う。そう。こちらの動きは筒抜けだったのだ。伊勢のこの反応は理解できる。

「恐ろしい相手ですね」八潮はこめかみの辺りが強張った。「どうしてバッジ側は、『湊川地検がこのホテルにホステスがいると摑んだ』と悟ったんでしょう。向こうの人間がこのホテルで私と渡部さんを見ても、地検の人間だとは見抜けないはずです」

情報が漏れるとすればどこからか。八潮は伊勢にしか伝えていない。渡部もどこかにこっそり知らせた素振りもなかった。真之介が相手に通じているなら、とっくにこの自分は叩きのめされているだろう。

となると、伊勢経由以外にない。……そうだ。

伊勢の黒髪だ——。

「相手の諜報能力を測るため、伊勢さんが協力者に流し、探りを入れさせたんですね」

秋元法律事務所の協力者を動かしたのは、相手を突《つつ》いて慌てさせ、二人のホステスを確保するためではない。伊勢はどうせ逃げられると見切ってもいた。現に取り逃がしてもまるで悔しそうでない。

協力者の動静とその余波を注視し、バッジ側の情報網の強度を推し量ろうとしたのだ。

菊池の失踪を受け、現段階でどの程度の地下活動までなら平気なのかを伊勢は見極めたくなったのか。とはいえ音信不通になった菊池を考慮すれば、協力者の身も危うくなりかねない。伊勢の存在もすでに把握され、白髪頭だと知られているかもしれない。だから髪を染め、秋元法律事務所近辺を張り、不測の事態に備えていた。

「ええ。私が流しました」

伊勢は依然としてロビーに目をやり、声のトーンも落ちたままだった。

秋元の事務所にいる協力者を無慈悲なまでに餌にした……。

八潮は身を硬くした。湊川の病院屋上での嗚咽も利用した——ある種の演技だったのではないのか。

——昼間は失礼しました。

病院の屋上では泣き崩れていたのに、背中側に注意を向ける余裕もあったのがその傍証だ。むろん、あの慟哭が完全に偽りだったとは思えない。元々、母親と妹一家の惨劇に心を痛め、自分のような境遇に陥る人がもう出ないよう吉村打倒を誓った男なのだ。泣き崩れる姿を目撃された際はそれを利用するという計算を冷静にしつつ、本物の涙を流していたのだろう。

伊勢は久保の死で、『自分が対峙するのは、〝湊川の皇后〟のような百戦錬磨の人物』とますます痛切に思い知り、己の涙はもとより、今まで以上に周囲を冷徹に利用する腹を固めた。なりふり構わない境地に達したのだ――。

自身の過去や現況を仔細に話したのも、八潮、相川、三好を手駒とするためだ。この三人なら、事情を明かせば必ず手を貸すと伊勢は確信していた。実際、三人とも乗り出した。

八潮が東京でホステス二人を探すと言った際、伊勢は奥歯を嚙み締めていた。あれは他者を巻き込んでしまった感情ではなく、自身の過去と久保の死を餌にうまくこの八潮英介を引き入れられた嬉しさから生じる笑いを嚙み潰していたのか。伊勢は、この八潮英介という検事を評価しているはず。『マル湊建設の裏金捻出メモの胡散臭さを察知し、敗北しないためにそれを持ち出すほど、自分のため、検事という仕事のために動ける性根を持っている』と。そんな検事がホステス二人の居場所を嗅ぎつければ、一石二鳥の一手が打てる。二人のホステスをダミー証人だと結論づけられ、相手の情報網の力まで測れる一手を。

しかし、八潮には一つ不可解な点があった。

「どうして私たち三人に『手伝ってくれ』とおっしゃらなかったのですか。私たちは素直に参戦したでしょう。実際、伊勢さんだって誰も巻き込みたくないと言いつつ、結局は私たち三人の意見を吞んだ」

伊勢はロビーに目をやったまま、おもむろに口を開いた。

「相手が相手です。安っぽいお仲間ごっこでは、命取りになります。皆さんは自らの頭で判断できる方々です。誰かの誘いがあったからではなく、皆さんには皆さんの信念に基づいて決めて頂きたかった」

「修羅の世界に踏み込むのなら、自ら断を下すべきだと」

「ええ。これは遊びではありません。命懸けの戦いです。まさに戦場のように、その場その場での判断力が問われる。信念は判断力の源になります」

自己責任論というより覚悟の問題か。

「私たちに事情を明かしたのは、久保さんの死がきっかけなんですね」

伊勢はこれまで久保などの限られたメンツで吉村側に対していた。そこに一挙に三人を組み込もうとしたのだ。

「はい、久保さんの死は大きい。バッジは与党の次期党首候補筆頭です。あんな男に国を率いさせてはいけないんです。残された時間は余りない。もう一歩踏み込んで引きずり倒すため、三人のような一騎当千の方の力をお借りしたかった」

深沈とした声の調子でも、断固たる伊勢の信念は強く伝わってくる。

「ただ、渡部さんを巻き込むつもりは本当になかったんです」

そうはいってもドイツ語の書類を正確に解読するには、八潮の提案に乗る以外になかったはずだ……なるほど。

「それで、改めて私の判断力を試すべく、渡部さんの身をどうやって守るかを尋ねてきたんですね。東京に送る手段くらい、伊勢さんなら瞬時に導き出せる。私が本気で渡部さんを守れるのかを測った」

「ええ、八潮検事が傍にいるなら――とあの時、渡部さんに多少の事情を明かす覚悟ができました」

「伊勢さん、彼女は頼りになりますよ」

今日も渡部の何気ない一言で色々と気づかされた。

「私も彼女の潜在能力は信用しています。あの若さで特刑の事務官が務まるほどですので。けれど、同じ事務官でも久保さんや三好さんのレベルには到底達していません。あの時に三好さんも指摘した通り、彼女はまだ感情をコントロールできず、周囲に左右されがちなんです。それ以上に怖かったのは、事務官という点です。いくらバッジでも、おいそれと検事に手を出せませんが、その周辺縁者には別なんです。三好さんならかわせる攻撃も、現段階の彼女では無理かもしれない」

久保や、伊勢の身内に起きた悲劇を考慮すれば、当然の不安か。

吉村泰二。その名前を八潮は胸裏で呟いた。自ら足を踏み入れたとはいえ、見方を変えれば伊勢にまんまと嵌められた。伊勢の的確な読みと行動により、命を落としかねない戦いに巻き込まれたのだ。

けれど、不快ではない。怒りもない。伊勢が対している相手には検事として、一人の人間として立ち向かうべきだろう。

頭の芯が白々と冷えていく。この感覚には覚えがある。

証拠メモを持ち出した時と同じだ。思えば、あの瞬間に自分は真に世界の一部になった。この先の人生は容易ではない、と突きつけられたのだから。

世の中は入り組んでいる。善も悪も正義もまともさもごちゃまぜになっていて、一筋縄ではいかない。そんな容易ならざる世界で何に重きを置いて、何を最優先して生きていくのか。誰もがそう問われている。

——やっぱり、鳥の巣頭の持ち主には芯がありますねえ。

久保の声が遠くから聞こえた気がして、八潮は顎を引いて祈るように目を閉じ、ゆっくりと開けた。

弱い人間にも意地と根性があります、強者にいいようにされたくないんですよ。

心中で久保にそう語りかけ、足元の影を見つめた。

「伊勢さんが追ってきた二人組。そのもう一人はいったい何者——」

言いかけて、八潮は言葉を呑んだ。伊勢の尾行対象者については、先刻質問した。その返答が脳内を駆け巡っていく。

——概ねその通りです。東京まで来るのは想定外でした。

——一人は。

そして伊勢の冷ややかな眼差しや低い声の調子を重ねると……。

八潮は視線を跳ね上げ、伊勢の厳然とした横顔を見澄ました。

「追ってきたもう一人は、秋元の事務所にいる協力者なんですね」

ゆっくりとこちらを向き、伊勢は重々しく頷いた。その動きに呼応し、八潮には周囲の喧騒《けんそう》が遠のいていくように感じられた。

「何か連絡はあったんですか」

一瞬の間があった。

「いえ」

伊勢のために行動しているのなら、とっくに一報が入っている。実際、このホテルの一室でホステス二人と顔を合わせたに違いないのだ。二人が姿を消してからそれなりの時間が経過している。

背信だ——。

秋元法律事務所の協力者は伊勢のために動いていない。

吉村側を壊滅させるべく、命がけで行動している男の目が欺かれたのか。それにもかかわらず伊勢は冷静なままで、怒りも悲愴感も敗北感も滲ませてはいない。なぜだ。この態度の奥にどんな心模様が潜んでいる？

伊勢の表情が一層引き締まった。

「久保さんの死は、私に想定外の事態がいつ何時起きるかわからない——と痛感させてくれました。これくらいの想定外は想定内なんです。あとはこちら次第です」

アッ。八潮は声が出そうになった。

久保の死は、伊勢を容易ならざる世界にさらに深く踏み込ませた。伊勢はそこで自身の綱の綻びに直面した。あの冷ややかな双眸や口つきはバッジ側に対してではなく、協力者の実像を見破れなかった自身の甘さに向けられたものだったのだ。他方、伊勢はこれまで以上に踏み込んだからこそ、判明した破綻だとも捉えた。これを奇貨として、逆手に取る方策をひねり出そうとしている。頭の切り替えが恐ろしく早い。

……そうか。味方にも完全には心を許しきっていないからこそ可能なのか。現に八潮は裏切った協力者の名前すら知らない。他にも聞かされていない事柄は多々あるだろう。件の協力者にも全てを明かしているはずもない。だからいかなる状況でも感情的にならず、常に平常心でいられる。

この男――。

頼もしくもあり、恐ろしくもある。血を流しても、泥にまみれても、這いつくばっても、踏みにじられても、心が張り裂けそうになっても、伊勢は信念を支えに周囲を利用できるだけ利用し、吉村打倒を果たすべく屹然《きつぜん》と前進しようとしているのだ。

八潮は我知らず息を止め、胴震いしていた。

装幀　岡　孝治
装画　ヤマモトマサアキ

初出

「コアジサシの夏」　書き下ろし
「一歩」「小説現代」２０１８年７月号
「獣の心」「小説現代」２０１８年９月号
「エスとエス」　書き下ろし
「Ｓが泣いた日」　書き下ろし

単行本化に際して、加筆修正を加えました。

伊兼源太郎
（いがね・げんたろう）

1978年東京都生まれ。上智大学法学部卒業。新聞社勤務などを経て、2013年に『見えざる網』で第33回横溝正史ミステリ大賞を受賞しデビュー。他の著書に、『事故調』『外道たちの餞別』『巨悪』『金庫番の娘』『事件持ち』、「警視庁監察ファイル」シリーズとして『密告はうたう』『ブラックリスト』がある。本書は、湊川地方検察庁の総務課長・伊勢雅行の活躍を描いた『地検のS』の続編にあたる。

地《ち》検《けん》のS《エス》　S《エス》が泣《な》いた日《ひ》

二〇二〇年七月二十日　第一刷発行

著者　伊《い》兼《がね》源《げん》太《た》郎《ろう》

発行者　渡瀬昌彦

発行所　株式会社　講談社

〒112-8001　東京都文京区音羽二-一二-二一

電話　出版　〇三-五三九五-三五〇五

販売　〇三-五三九五-五八一七

業務　〇三-五三九五-三六一五

本文データ制作　講談社デジタル製作

印刷所　豊国印刷株式会社

製本所　株式会社若林製本工場

Printed in Japan

ISBN 978-4-06-520010-0

N.D.C.913 254p 20cm